100nen-meisaku

100年後《ねんご》も読《よ》まれる名作《めいさく》

ふしぎの国《くに》のアリス

作／ルイス・キャロル　編訳／河合祥一郎
絵／okama　監修／坪田信貴

ふしぎの国のかくれんぼクイズ

このへんなひとたちがポスターのなかにいるよさがしてね♥

アリス

7才《さい》の女《おんな》の子《こ》。
食《く》いしんぼで、ネコが大好《だいす》き。
おねえさんがいる。

なっちゃった！
いいからくれ
なんかくれ
ニヤニヤ
歯が
ギザギザ!!!

ハートの女王
こわ〜い女王様《じょおうさま》に
殺《ころ》されそうになったり
この者《もの》の首《くび》を
はねよ!!
ハートのジャック
女王《じょおう》のタルト
だれが食《た》べたの?
ぼくじゃ
ないのに!
タルト食《た》べて
死刑《しけい》って…
最後《さいご》には裁判《さいばん》に
出《で》たりなんかして
もうめちゃくちゃ
だあああ!!!
海ガメもどき
グリフォン
うるさい
だまれ!
ほゃくるるぅ
そんなわけで
『ふしぎの国《くに》のアリス』
はじまるよ
はじまるぞ!!

この物《もの》語《がたり》のおもしろポイント

ポイント1

アリスが大《おお》きくなったり、ちぢんだり！

ふしぎの国《くに》で、なにかを食《た》べたり飲《の》んだりすると、体《からだ》が大《おお》きくなったりちぢんだりします！

アリスがなにかを口《くち》にしたら、おもしろいことが起《お》きるって思《おも》ってね。

身長《しんちょう》7センチ

身長《しんちょう》3メートル

首《くび》もめちゃめちゃのびる

ポイント2

出《で》会《あ》う人《ひと》みんな、へんてこすぎ!!

マンガにもありますが、
出《で》会《あ》う人《ひと》がみんな
へんてこで、えらそう！
アリスはいつもふりまわ
されちゃいます。
でも、だいじょうぶ。
アリスもけっこう負《ま》けて
ませんよ。

キング・オブ・ザ・へんてこキング
ひどすぎるお茶会《ちゃかい》…

ポイント3 ふしぎの国《くに》の世界《せかい》は、トランプがモチーフ！

この物語《ものがたり》にはたくさんのトランプが登場《とうじょう》します（とくにハートのトランプ）。この本《ほん》にあるイラストにも、いろんなところにハートやクローバーなどのマークがちりばめられているので、ぜひさがしてみてね!

この3人《にん》は意外《いがい》と
仲《なか》がわるい

ポイント4 詩《し》やセリフに言葉《ことば》あそびがいっぱい!!

かわいいぼうやにゃ　どなりましょ
くしゃみをしたなら　なぐりましょ

物語《ものがたり》のいたるところに言葉《ことば》あそび、いわゆるダジャレがかくれています。たとえば公爵夫人《こうしゃくふじん》の歌《うた》の、「くしゃみをしたのは　わざとです。おとなをおちょくる　しわざです」で「わざ」をかさねて言《い》っているのもそれです。ほかにもいっぱいありますよ!

もくじ

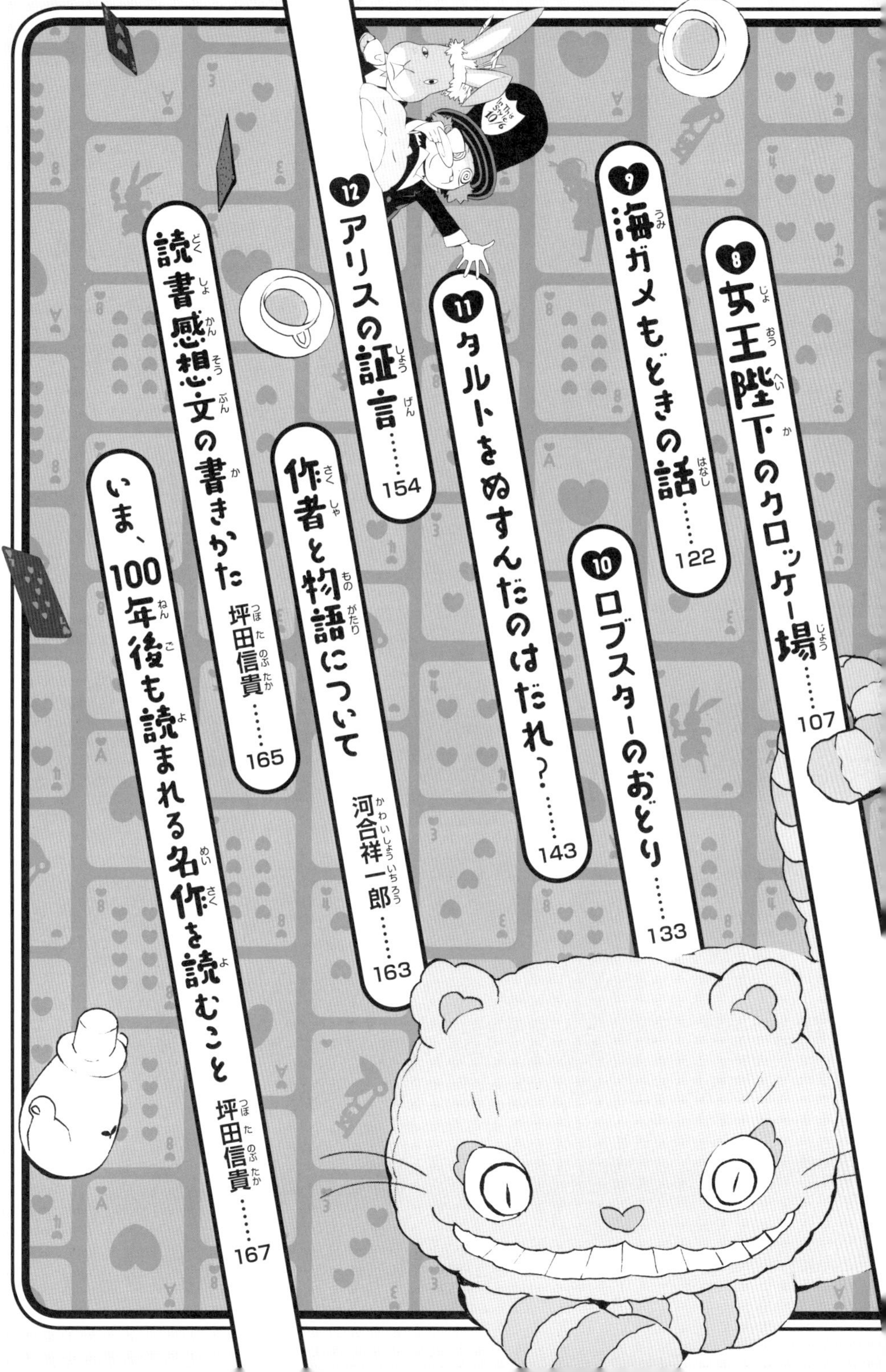

1 ウサギの穴《あな》に落《お》ちて

アリスは、つまらなくなってきました。土手《どて》の上《うえ》にお姉《ねえ》さんとすわっていても、なにもすることがないからです。お姉《ねえ》さんが読《よ》んでいる本《ほん》をのぞいてみたけれど、さし絵《え》もなければ会話《かいわ》もありません。

「さし絵《え》も会話《かいわ》もない本《ほん》なんて、なんの役《やく》に立《た》つのかしら？」

それから、ぼうっと考《かんが》えはじめました。暑《あつ》い日《ひ》だったので、すごくねむたかったのですが――

ヒナギクの花輪《はなわ》でも作《つく》ったら楽《たの》しいかな。でも、わざわざ立《た》ちあがって、お花《はな》をつむのは……めん……ど………。

と、そのときです。

ピンク色《いろ》の目《め》をした白《しろ》ウサギが、ササッとそばをかけぬけました。

「まずい！　まずい！　ちこくだぁ！」

と、ウサギが言《い》ったときは、べつにへんだとは思《おも》いませんでした。

でも、ウサギが**チョッキから懐中時計《かいちゅうどけい》を取《と》り出《だ》して**、ちらりと見《み》て急《いそ》いで走《はし》りさったとき、アリスはびっくりして立《た》ちあがりました。

だって、はっと気《き》がついたんです。

ウサギがポケット付《つ》きのチョッキを着《き》ていて、しかも、そのポケットから時計《とけい》を取《と》り出《だ》すなんて、見《み》たことがないって。

「なに、これ？　どういうこと？」

アリスは、ウサギを追《お》って野原《のはら》を走《はし》り出《だ》しました。

ウサギは、生《い》け垣《がき》の下《した》の大《おお》きな巣穴《すあな》にぴょーんと飛《と》びこみました。

アリスも飛《と》びこみました。

井戸《いど》みたいなところを、ひゅーんと下《した》へ。

穴《あな》はとっても深《ふか》くて、いつまでたっても底《そこ》につきません。落《お》ちながらまわりを見《み》まわしたり、こんどはなにが起《お》こるんだろうと考《かんが》えたりする時間《じかん》がたっぷりありました。

ひまなので井戸《いど》の内側《うちがわ》の壁《かべ》を見《み》てみると、一面《いちめん》に戸《と》だなや本《ほん》だながぎっしりつまっているのがわかりました。

通《とお》りすがりに、たなからびんをひとつ取《と》ってみますと、

オレンジ・マーマレード

とラベルがはってありました。

でも、がっかり。からっぽです。

ひゅーんと下《した》へ、どこまでも。これって終《お》わりがないのかしら？

「どのくらい落《お》ちたかな。もう地球《ちきゅう》の中心近《ちゅうしんちか》くまで来《き》てるかもね。」

ほかになにもすることがなかったので、アリスは、ひとりごとをはじめました。

「むしろ地球《ちきゅう》をつきぬけちゃうんじゃないかしら！　歩《ある》いてる人《ひと》た

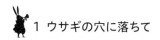

ちのなかに、頭《あたま》を下《した》にして飛《と》び出《だ》したら、おかしいだろうなあ！」

アリスは想像《そうぞう》してくすくす笑《わら》うと、ふうとため息《いき》をつきました。

「ダイナは、今晩《こんばん》わたしがいなくて、さみしがるかしら！」

ダイナというのは、飼《か》っているネコです。

「ああ、ダイナ！　ここでいっしょに落《お》ちていてくれたらよかったのに！　空中《くうちゅう》にネズミはいないけど、コウモリならつかまえられるかもしれない。でも、ネコって、コウモリ食《た》べるのかな？」

そのときアリスは、ひどくねむくなってきました。

「ネコってコウモリ食《た》べる？　ネコ…ウモリ食《た》べる？」

そのうち、こんなふうになっていきました。

「ネ…コウモリって食《た》べる？　ねぇ、コウモリってネコ食《た》べる？」

うとうとしてきたところで、とつぜん、**どっしーん！**

山《やま》のような枝《えだ》や枯《か》れ葉《は》の上《うえ》に落《お》ちて墜落《ついらく》はおしまいとなりました。

かすりきずひとつ負《お》わず、アリスはぴょんと立《た》ちあがりました。

見《み》あげてみると、頭上《ずじょう》はまっくらです。

目《め》の前《まえ》には、あの白《しろ》ウサギがむこうに走《はし》っていくすがたが見《み》えるではありませんか。

ぐずぐずしてはいられません。

ウサギは角《かど》を曲《ま》がって消《き》えていきます。

「まってえ！」

そのすぐあとにつづいてアリスも角《かど》を曲《ま》がったのに、そこにはもうウサギのすがたはありませんでした。

ただ、細長《ほそなが》い広間《ひろま》が、がらんとひろがっているだけです。ドアがずらりとならんでいましたが、みんなかぎがかかっていました。

ふと見《み》ると、どこもかしこもガラスでできている三本脚《ぼんあし》の小《ちい》さなテーブルがあります。

上《うえ》にのっているのは、小《ちい》さな金色《きんいろ》のかぎだけ。

「広間《ひろま》のどれかのドアのかぎにちがいないわ。」

でも、ざんねん！　どれにもあいません。

もう一度《いちど》たしかめたとき、背《せ》の低《ひく》いカーテンを発見《はっけん》しました。

カーテンのむこうには、四十《よんじっ》センチぐらいの小《ちい》さなドアがあって、小《ちい》さな金色《きんいろ》のかぎをそのかぎ穴《あな》にさしこんでみると――

やった、ぴったりです！

ドアをあけてみると、小《ちい》さな通路《つうろ》がむこう側《がわ》にのびています。

ひざをついてのぞきこんでみると、通路《つうろ》の先《さき》に、見《み》たことがないようなすてきなお庭《にわ》が見《み》えました。

あのお花《はな》の咲《さ》きほこる花壇《かだん》や、噴水《ふんすい》のあいだをさんぽできたら、どんなにすてきでしょう！

「ああ、でも、こんなに小《ちい》さかったら通《とお》れないわ。」

アリスは、テーブルのところにもどってみました。

すると、なんと、ちっちゃなびんがのっているではありませんか。

「さっきまでは、ぜったい、なかったのに。」

びんの首《くび》には、札《ふだ》がくくりつけられていて、大《おお》きな字《じ》で美《うつく》しく、

ワタシヲオノミ

と印刷《いんさつ》してありました。
「だめ。調《しら》べてみないと。《毒薬《どくやく》》って書《か》いてあるかもしれないし。」
でも、びんには《毒薬《どくやく》》と書《か》いてありませんでしたから、アリスは思《おも》い切《き》って味見《あじみ》をしてみました。
すると、とてもおいしかったので――サクランボのタルトとカスタードとパイナップルと七面鳥《しちめんちょう》の丸焼《まるや》きとキャラメルとバターつきトーストの味《あじ》がしたので――あっという間《ま》に飲《の》みほしてしまいました。

「へんてこな感《かん》じ！　からだが、ちぢんでいるんだわ！」

そうです。アリスは、二十五センチほどになっていました。

「これなら小《ちい》さなドアを通《とお》って、あのすてきなお庭《にわ》に出《で》られる。」

うれしくて、アリスは顔《かお》をぱっとかがやかせました。

ところが、ドアのところまで来《き》て、あの小《ちい》さな金色《きんいろ》のかぎをわすれてきたことに気《き》づきました！　それを取《と》りにテーブルのところへもどってみますと、こんどはテーブルが高《たか》すぎて手《て》がどうしてももとどきません。かぎはガラスごしに、はっきりと見《み》えているのに！

テーブルの脚《あし》をよじのぼろうと、一生懸命《いっしょうけんめい》しがみつくのですが、

つるつるすべってどうにもなりません。

「こんなのって、ないわ！」

かわいそうにアリスは、わあわあ泣《な》きだしてしまいました。

ふと、テーブルの下《した》に小《ちい》さなガラスの箱《はこ》があるのに気《き》づきました。

開《あ》けてみると、とても小《ちい》さなケーキが入《はい》っていて、

ワタシヲオタベ

と、干《ほ》しブドウできれいに書《か》いてありました。

「じゃ、食《た》べてみようっと。」

アリスは、泣《な》いていたのもわすれて、ぺろりとケーキをたいらげてしまいました。

2 なみだの池《いけ》

「へんてこりんがどんどこりん！　こんどは、からだがのびてる！　あんよさん、さようならぁ！」

足《あし》もとを見《み》ると、どんどん足《あし》が遠《とお》ざかって、ほとんど見《み》えないくらいになっていました。

「ああ、わたしのあんよちゃん。これからは、だれがあなたにお靴《くつ》をはかせてあげるのかしら？　そうだ、毎年《まいとし》クリスマスには新《あたら》しいブーツをプレゼントしようっと。」

そして、どうすればプレゼントをあげられるか考《かんが》えはじめました。

「自分《じぶん》の足《あし》にプレゼントを送《おく》るなんて、へんなの！　宛先《あてさき》もおかしなことになるわ！

だんろ町《まち》　じゅうたん荘《そう》　アリスの右足様《みぎあしさま》
(アリスより愛《あい》をこめて)

あらら、なんてばかなことを言《い》ってるのかしら、わたしったら！」

ちょうどそのとき、頭《あたま》が広間《ひろま》の天井《てんじょう》にごちんとぶつかりました。

なんと、このとき、背《せ》は三メートルをはるかにこえていたのです。

アリスは小《ちい》さな金《きん》のかぎをつかむと、お庭《にわ》のドアへと急《いそ》ぎました。

なのに――ああ、かわいそうなアリス！

できることといったら、横《よこ》むきに寝《ね》そべって、片目《かため》でお庭《にわ》をのぞきこむことぐらいでした。

アリスはすわりこんで、またわんわん泣《な》きだしてしまいました。

「はずかしくないの、アリス？」

アリスは、自分《じぶん》で自分《じぶん》をしかりました。

自分《じぶん》がもうひとりいるふりをするのが大好《だいす》きなのです。

「もう大《おお》きなお姉《ねえ》さんなんだから（本当《ほんとう》にそうでした）、そんなにいつまでもぐずぐず泣《な》いたりしていてはだめ！」

それでもアリスは泣《な》きやまず、何《なん》リットルものなみだを流《なが》したものですから、まわりに大《おお》きなお池《いけ》ができてしまいました。

しばらくして、遠《とお》くのほうから、パタパタと足音《あしおと》がしました。

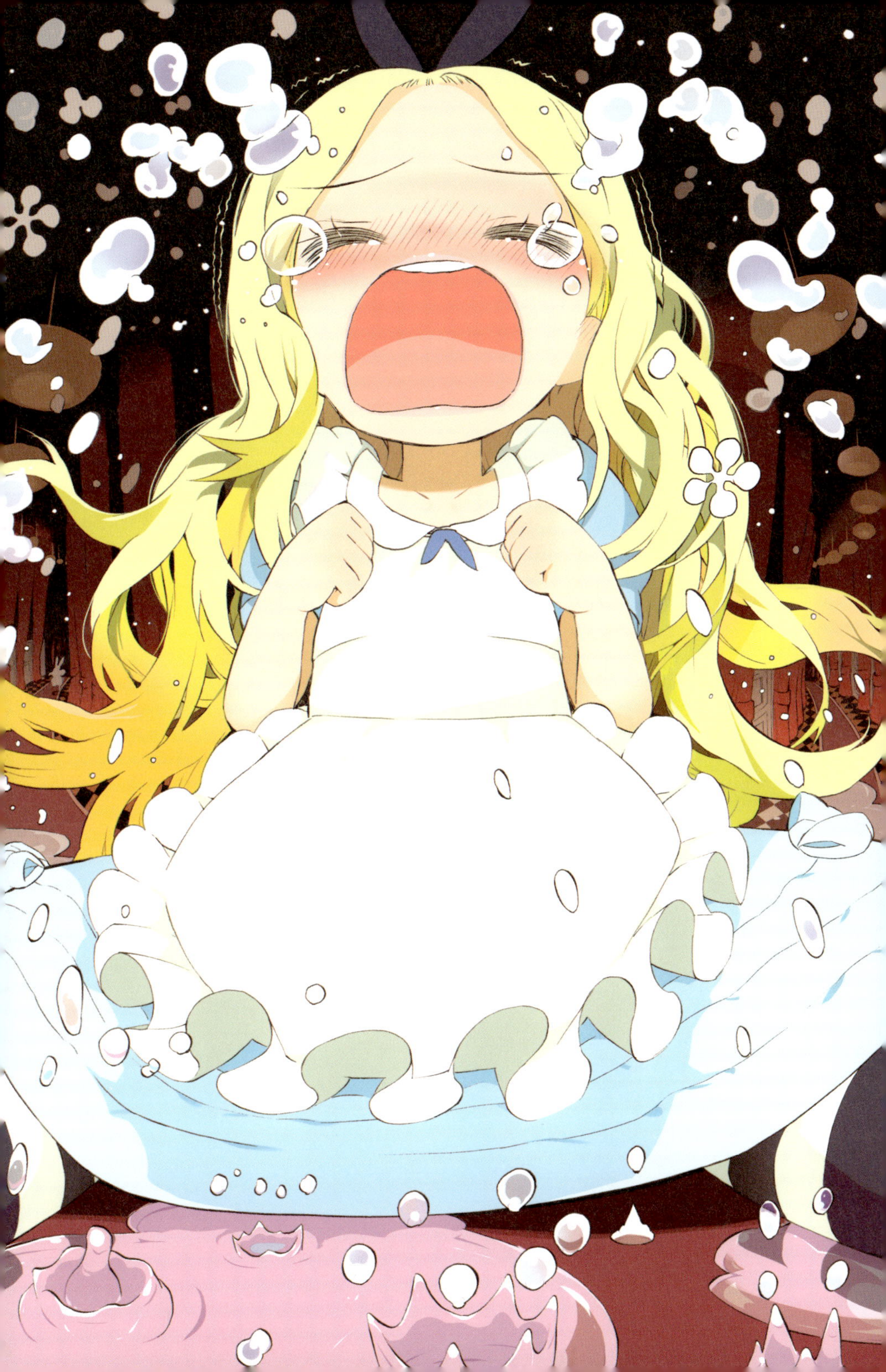

なみだをぬぐって見《み》ますと、白《しろ》ウサギがもどってくるところです。片手《かたて》に白《しろ》い子《こ》ヤギ革《がわ》の手《て》ぶくろを持《も》ち、片手《かたて》に大《おお》きなせんすを持《も》って、ぴょんぴょこ走《はし》りながら、ぶつぶつ言《い》っていました。

「公爵夫人《こうしゃくふじん》をお待《ま》たせしたら、ひどい目《め》にあわされるぞ！」

アリスは、ウサギが近《ちか》くに来《き》たときに、おそるおそる小《ちい》さな声《こえ》で話《はな》しかけました。

「あの、すみません――」

ウサギは大《おお》きなアリスに、びくっとおどろいて、白《しろ》い革手《かわて》ぶくろとせんすを取《と》り落《お》とし、いちもくさんにかけさってしまいました。

「あんなにおどろかなくてもいいのに。」

アリスは、落《お》ちていたせんすをひろい、自分《じぶん》をあおぎました。

「ほんとにもう、今日《きょう》はなにもかもおかしいわ！　そうだ！　『小《ちい》さな　かわいい……』の詩《し》をとなえてみようっと。」

アリスは、ひざの上《うえ》に両手《りょうて》をかさねて詩《し》をとなえてみました。

けれども、おぼえていたはずの言葉《ことば》がでてきませんでした。

小《ちい》さな　かわいい　ワニさんが、
しっぽを　みがいて　にっかにか。
ナイルの　お水《みず》も　かけましょね、
金色《きんいろ》　うろこも　ぴっかぴか。
笑顔《えがお》がすてきね　ニタニタ　ワニさん。

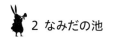

おつめが　きれいね　まあ　びっくり。
ちいさなお魚《さかな》　来《き》た来《き》た　たくさん。
ほほ笑《え》む　お口《くち》で　さあ　ぱっくり。

「こんな歌詞《かし》じゃなかったはずだわ。」

アリスの目《め》には、また、なみだがあふれてきました。

ふと手《て》に目《め》をやると、おどろいたことに、いつの間《ま》にかウサギの小《ちい》さな白《しろ》い革手《かわて》ぶくろを片手《かたて》にはめているではありませんか。

「わたし、きっとまた小《ちい》さくなっているんだわ。」

背《せ》たけを測《はか》るためにテーブルのところへ行《い》ってみますと、すごいいきおいで、ちぢんでいるところだとわかりました。

その原因《げんいん》は手《て》に持《も》ったせんすだと気《き》づいたアリスは、あわててそれをほうりだし、小《ちい》さくなりすぎて消《き》えてしまわずにすみました。ぎりぎりまにあったのです。

アリスは、ほっとしました。

「こんどこそ、お庭《にわ》に出《で》なきゃ！」

アリスは全速力《ぜんそくりょく》であの小《ちい》さなドアのところへかけもどりました。

ところが、なんということでしょう！

小《ちい》さなドアはまた閉《し》まっていて、小《ちい》さな金色《きんいろ》のかぎは、ガラスのテーブルの上《うえ》にのったままなのです。

「これって最低《さいてい》。ひどいわ、ひどすぎる！」

そう言《い》ったとたん、つるんと足《あし》がすべり、**ぽっちゃあん！**

あごまで塩水《しおみず》につかっていました。

アリスは、三メートルもの身長《しんちょう》があったときに自分《じぶん》が流《なが》したなみだの池《いけ》につかっていたのです。

「こんなに泣《な》かなければよかった！　ばちがあたったんだわ。自分《じぶん》のなみだでおぼれ死《し》んだりしたら、おかしな話《はなし》よ！」

ちょうどそのとき、池《いけ》の少《すこ》し遠《とお》くのほうで、何《なに》かがぴしゃぴしゃいっているのが聞《き》こえましたので、なんだろうと近《ちか》よってみました。

ネズミです。アリスと同《おな》じく、落《お》っこちてしまっていたのです。

「このネズミさんに話《はな》しかけたら、なんとかなるかしら。」

そこで、ネズミのほうまで泳《およ》いでいって、こう切《き》りだしました。

「この池《いけ》からどうやって出《で》られるか知《し》っていますか？」

ネズミは、あやしそうな顔《かお》をして、なにも言《い》いませんでした。

「ひょっとしたら英語《えいご》がわからないんじゃないかしら。」

そこで、こんどはこう切《き》りだしてみました。

「ドコ《ウ》 デ《エ》スカ ワ《マ》タシノ ネ《シャ》コ《ット》？」

アリスのフランス語《ご》の教科書《きょうかしょ》はそうはじまるのです。

そのとたん、ネズミは、ぴょーんと水《みず》からはねあがりました。

こわくてぶるぶるふるえているようすです。

「あら、ごめんなさい！」

アリスはあわててさけびました。

「ネコがお好《す》きでないことを、わすれてました。」

「ネコがお好《す》きでないだって！　君《きみ》がぼくなら、ネコを好《す》きになる？」

「あの、たぶんならないと思《おも》います。どうか怒《おこ》らないでね。」

「うちじゃあ、みんなネコがだいっきらいなんだ。いやらしい、下品《げひん》で、下劣《げれつ》なやつらだ！　もうそんな名前《なまえ》、言《い》わないでくれ！」

「言《い》わないわ、ほんと！」

アリスは、大《おお》あわてで話題《わだい》を変《か》えました。

「あなた――あなた、お好《す》き――かしら――イヌ、なんて？」

ネズミはもう必死《ひっし》で、ばしゃんばしゃんと大《おお》きな波《なみ》をたてながら遠《とお》くへ泳《およ》いでいこうとしていました。

「いけない！　また怒《おこ》らせちゃった！」

そこで、アリスはうしろからやさしく声《こえ》をかけました。

「どうか、もどってきて！　もう、ネコのお話《はなし》もイヌのお話《はなし》もしないから！」

ネズミはこれを聞《き》くと、ゆっくり泳《およ》いでもどってきましたが、その顔《かお》はまっしろでした。

「岸《きし》にあがろう。そしたら、ぼくのお話《はなし》を聞《き》かせてあげるよ。それを聞《き》けば、どうしてぼくがネコがきらいなのかわかるだろうよ。」

たしかにもう池《いけ》から出《で》たほうがよいころでした。

なにしろ、鳥《とり》やけものがどんどん池《いけ》に落《お》ちてきてごったがえしてきていたからです。

アリスが先《さき》に泳《およ》いでいくと、みんなぞろぞろとそのあとにつづき、岸《きし》にあがってきました。

3 党《とう》大《たい》会《かい》レースと長《なが》い尾《お》話《はなし》

岸《きし》にあがった動物《どうぶつ》たちは、みんなポタポタしずくをしたたらせていました。まず、どうやってからだをかわかすかが問題《もんだい》でした。

ネズミが呼《よ》びかけました。

「みんな、すわって、ぼくの話《はなし》を聞《き》いてくれ！　ぼくがみんなをたちまちかわかしてやろう！」

みんなは、ネズミをかこんで大《おお》きな輪《わ》になってすわりました。

ネズミは、えらそうに言《い》いました。

「えへん！　みなさん、よろしいかな？　これは、ぼくが知《し》っているなかで一番乾燥《いちばんかんそう》する話《はなし》だ。みなさん、どうかおしずかに！

『ローマ法王《ほうおう》にその義《ぎ》を認《みと》められたウィリアム征服王《せいふくおう》に、やがてイギリスの民《たみ》も恭順《きょうじゅん》の意《い》を示《しめ》した。イギリスの民《たみ》は、指導者《しどうしゃ》がいなかったため、このところ侵略《しんりゃく》や征服《せいふく》の憂《う》き目《め》にあっていたのである。マーシア伯爵《はくしゃく》とノーサンブリア伯爵《はくしゃく》エドウィンとモーカーは――』

そろそろ、どうかな？　かなり無味乾燥《むみかんそう》だと思《おも》うが。」

アリスはゆううつそうな声《こえ》で答《こた》えました。

「ちっとも乾燥《かんそう》しないみたい。あいかわらず、びっしょびしょ。」

ドードー鳥《どり》が立《た》ちあがって、おごそかに言《い》いました。

「かわかすためには、党大会《とうたいかい》レースが一番《いちばん》じゃ。」

「党大会《とうたいかい》レースってなあに？」

「なあに。説明《せつめい》するより、やってみるのが一番《いちばん》じゃ。」

ドードー鳥《どり》はかけっこ用《よう》のコースを地面《じめん》に円《まる》く描《か》きました。それから、みんな、コースのそこかしこで位置《いち》につきました。そして、「よーい、どん！」もなく、好《す》きなときに走《はし》り出《だ》すのです。

三十分《さんじっぷん》ばかり走《はし》ってみんなすっかりかわいたところで、ドードー鳥《どり》が、とつぜん「**かけっこ、おわり！**」と、さけびました。

みんなは、ぜいぜい言《い》いながらあつまってきて聞《き》きました。

「それで、だれが勝《か》ったの？」

すると、ドードー鳥《どり》は言《い》いました。

「これはドードーめぐりじゃからな、みんな勝《か》ったのじゃ。だからみんな賞品《しょうひん》をもらわねばならん、あの子から。」

ドードー鳥《どり》がアリスを指《ゆび》さしましたので、みんなはあっという間《ま》にアリスのまわりにむらがって、わめきたてました。

「賞品《しょうひん》！　賞品《しょうひん》！」

アリスはこまりはてて、ポケットにあった砂糖菓子《さとうがし》をくばりました。

「でも、この子《こ》も賞品《しょうひん》をもらわなくちゃねえ。」

ネズミは、ドードー鳥《どり》に言《い》いました。

「もちろんじゃ。おい、ポケットには、ほかになにがあるかの？」

「指《ゆび》ぬきしかないわ」とアリス。

「こっちにおよこし。」

みんなはもう一度《いちど》アリスをかこんであつまり、ドードー鳥《どり》はおごそかに、アリスにアリスの指《ゆび》ぬきをあたえました。

「この優雅《ゆうが》な指《ゆび》ぬきを受理《じゅり》したもうことを。」

みんないっせいに拍手《はくしゅ》をしました。

こんなことばかげてるとアリスは思《おも》いましたが、みんながまじめそうな顔《かお》をしていたので、笑《わら》うわけにもいきません。ただ頭《あたま》を下《さ》げ

て、できるだけ神妙《しんみょう》な顔《かお》で指《ゆび》ぬきを受《う》けとりました。

それから、みんなもう一度輪《いちどわ》になってすわり、ネズミにもっとお話《はなし》をしてくれとたのみました。

「お話《はなし》をしてくれるって、やくそくだったでしょ」

と、アリスはそっと耳打《みみう》ちしました。

「ほら、あの、ネ――がきらいなわけを。」

「では、いまだに尾《お》を引《ひ》いているいざこざがどうおこったのか、お話《はなし》をしよう。長《なが》くて悲《かな》しいよ、こいつは！」

「ほんと、長《なが》い尾《お》だわ。でも、どうして悲《かな》しい尾《お》なの？」

アリスは、ネズミが話《はな》しているあいだ、どうしてか考《かんが》えていたため、ネズミの《尾話《おはなし》》はこんなふうに感《かん》じられました――。

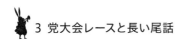

イヌのフューリー、
ネズミにいわく、
教《おし》えてやろう、お
れの思《おも》惑《わく》、「いっ
しょに法廷《ほうてい》に来《こ》い、
おれはきさまをうっ
たえるからな。さ
あさあ、行《い》こう」
と誘惑《ゆうわく》。裁判《さいばん》すれ
ば血《ち》がわく。「なに
しろ今朝《けさ》はなんに
もすることがなく
て暇《ひま》だからな。」
ネズミが、イヌ

にいわく、「そいつはあまりに迷惑《めいわく》、陪《ばい》審員《しんいん》も裁判《さいばん》官《かん》もいない裁判《さいばん》なんて、なんの意味《いみ》もない。」「どちらもおれさまが演《えん》じ分《わ》く。」ずるいフューリーがいわく、「おれさまがみんごと死刑《しけい》の判決《はんけつ》下《くだ》しや、きさまの命《いのち》はない。」

「君《きみ》はちっとも聞《き》いてないな！」

ネズミはアリスにきびしく言《い》いました。

「ごめんなさい。五回《かい》ぐらいくねくねしたところ？」

「くねくねなんかしていない！　君《きみ》が聞《き》いていないから、待《ま》っているんじゃないか。」

「わたしが聞《き》いてないと、か、からまって、いるんですって！」

いつも人《ひと》の役《やく》に立《た》ちたいと思《おも》っているアリスは、そわそわしながら言《い》いました。

「ああ、わたし、からまったしっぽをほどいてあげる！」

「ほ、ほど…ほどほどにしやがれ！　ばかばかり言《い》って、ばかにして！」

ネズミはくるりと背中《せなか》をむけて、立《た》ちさってしまいました。

「ああ、行《い》っちゃった。怒《おこ》りっぽいなあ。」

アリスはため息《いき》をつくと、ついひとりごとを言《い》いました。

「ダイナがここにいてくれたらいいんだけど、ほんと！　ダ、ダイナなら、すぐネズミをつれもどしてくれるのに！」

「ダイナってどなたですか？」

オウムに聞《き》かれて、いつも自分《じぶん》のネコちゃんのことを話《はな》したくてうずうずしているアリスは、夢中《むちゅう》で答《こた》えました。

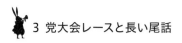

「ダイナはうちのネコ。びっくりするくらいネズミをつかまえるのがじょうずなの！　それに、鳥《とり》を追《お》いかけるのもうまいのよ！」

これを聞《き》いたみんなは大《おお》いに動揺《どうよう》し、大急《おおいそ》ぎでにげだしました。

カナリアのおかあさんなんて、「さあさ、みんな、おねんねの時《じ》間《かん》よ！」とふるえる声《こえ》で子《こ》どもたちに呼《よ》びかけて行《い》きました。

やがて、アリスはひとりぼっちになってしまいました。

「ダイナのことなんか言《い》わなきゃよかった！　ここではダイナは好《す》かれてないみたい。世界一《せかいいち》のネコなのに！　ああ、わたしのダイナ！　ひょっとして、もう会《あ》えないのかしら！」

そう言《い》うと、かわいそうにアリスはまた泣《な》きだしてしまいました。とてもさびしくなって、がっくりきてしまったのです。

ところが、すぐに遠《とお》くでまたパチャパチャという小《ちい》さな足音《あしおと》が聞《き》こえたので、アリスははっと顔《かお》を上《あ》げました。

ひょっとしたら、ネズミが気《き》を取《と》りなおしてもどってきてくれたのではないでしょうか。

4 ウサギのお使《つか》い、小《ちい》さなビル

やって来《き》たのは白《しろ》ウサギでした。そわそわ見《み》まわしながら、ぴょんぴょこゆっくりもどってきます。

「公爵夫人《こうしゃくふじん》が！　ああ、ウサったい、ウサギ足《あし》の急《いそ》ぎ足《あし》で来《き》たのに！　きっと死刑《しけい》にされちまう！　ウサギをバラしてうさ晴《ば》らしか！」

ウサギはじきに、アリスに気《き》がつき、大声《おおごえ》でどなりつけました。

「なんだ、メアリ・アン、こんなところでなにをしているんだ？　家《いえ》に走《はし》って行《い》って、手《て》ぶくろとせんすを取《と》ってきてくれ！　急《いそ》げ！」

アリスはぎょっとしたあまり、人《ひと》ちがいですと説明《せつめい》もできずに、ウサギが指《ゆび》さした方角《ほうがく》へいちもくさんに走《はし》り出《だ》しました。

「お手伝《てつだ》いさんとまちがえられたんだわ。でも、せんすと手《て》ぶくろを取《と》ってきてあげよう——うまく見《み》つかったらだけど。」

やがて、きれいな小《ちい》さな家《いえ》につきました。玄関《げんかん》には、

白《しろ》ウサギ

と彫《ほ》られたぴかぴかの真鍮《しんちゅう》の表札《ひょうさつ》がかかっていました。

アリスは中《なか》に入《はい》り、急《いそ》いで二階《かい》にかけあがり、きちんとかたづいた小部屋《こべや》に入《はい》りました。

窓《まど》ぎわのテーブルの上《うえ》に、せんすと白《しろ》い革手《かわて》ぶくろがあります。

「あれだ！」

取《と》りあげて部屋《へや》を出《で》て行《い》こうとしたそのとき、小《こ》びんがふと目《め》に

入《はい》りました。

「また、びんだわ。飲《の》んだら、なにかおきるかしら。ためしてみよう。また大《おお》きくなれるといいなあ！」

なるほど、飲《の》んでみると、アリスはぐんぐん大《おお》きくなりました。でも、大《おお》きくなりすぎて、頭《あたま》が天井《てんじょう》につっかえてしまったので、かがまなければなりませんでした。

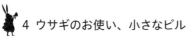

「うわあ、あんなにたくさん飲《の》まなければよかった！」

ざんねん！　後悔先《こうかいさき》に立《た》たずです！

アリスはどんどん大《おお》きくなって、やがて床《ゆか》にひざまずかなければならなくなりました。一分《ぷん》もしないうちに、それでもつっかえてしまうので、片方《かたほう》のひじをドアにおしつけ、もう片方《かたほう》の腕《うで》をまくらに

してごろりと横《よこ》になってみました。それでもまだ大《おお》きくなっていくので、片腕《かたうで》を窓《まど》からつき出《だ》し、片足《かたあし》を煙突《えんとつ》の内側《うちがわ》にさしこみました。

「これ以上《いじょう》はむり！　わたし、どうなっちゃうのかしら？」

そのとき、外《そと》から声《こえ》が聞《き》こえました。

「メアリ・アン！　今《いま》すぐ手《て》ぶくろを取《と》ってこい！」

それから、パタパタと階段《かいだん》をあがってくる小《ち》さな足音《あしおと》がしました。

アリスが、ウサギがこわくなってぶるぶるふるえると、家全体《いえぜんたい》ががたがたっとゆれました。

今《いま》はウサギの一千倍《ばい》も大《おお》きくなっているのですから、こわがる必要《ひつよう》などないということを、アリスはすっかりわすれていたのです。

「おかしいなあ。おい、あけろ！　メアリ・アン！」

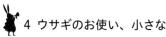

ウサギがドアをあけようとしてもあきません。

ドアは内開《うちびら》きで、アリスのひじがぴたりとつかえていたからです。

「じゃあ、ぐるっとまわって窓《まど》から入《はい》ってやる」と、ウサギの声《こえ》。

(そうはさせない！)

アリスは、ウサギが窓《まど》の下《した》のところまで来《き》たころあいを見《み》はからって、さっと手《て》をのばして空《くう》をつかみました。

なにもさわりませんでしたが、ぎゃっと小《ちい》さな悲鳴《ひめい》が聞《き》こえ、どすんと落《お》ちる音《おと》と、がしゃんとガラスが割《わ》れる音《おと》がしました。

どうやらウサギはきゅうりの温室《おんしつ》かなにかの上《うえ》に落《お》ちたようです。

やがて、がやがやと話《はな》す大《おお》ぜいの声《こえ》がしました。こんな具合《ぐあい》に――。

「もうひとつのハシゴはどこだ？」

「だれが煙突《えんとつ》んなかおりてく？」

「おれはいやだよ、おまえ、行《い》けよ！」

「冗談《じょうだん》じゃねえ！」

「ビルに行《い》ってもらうしかねえな。」

「ほら、ビル！　おまえに煙突《えんとつ》んなかおりろってボスの命令《めいれい》だ！」

アリスは、煙突《えんとつ》のなかで足《あし》をひっこめて待《ま》ちかまえました。

そして、小《ちい》さな動物《どうぶつ》が煙突《えんとつ》のなかを、アリスの近《ちか》くまでずるずるとおりてくると、アリスはするどいキックを一発《ぱつ》おみまいしました。

まず聞《き》こえたのは、いっせいにさけぶ声《こえ》。

「ほら、あそこ、ビルが飛《と》んでく！」

そのあと、ウサギの声《こえ》だけが――

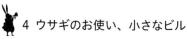

「ちゃんと受《う》け止《と》めろ。垣根《かきね》のところの、おまえ！」

そして、しーんと沈黙《ちんもく》の一瞬《いっしゅん》。

それからまた、がやがやとさわがしくなりました。

「だいじょうぶか。」

「なにがあったんだ？」

最後《さいご》に小《ちい》さな、たよりない、きーきー声《ごえ》がしました。

「よくわかんない――まるでびっくり箱《ばこ》みたいに、なにかがやってきて、ぼくは打《う》ちあげ花火《はなび》みたいに打《う》ちあげられたってわけさ！」

「ほんと、ぴゅーんとね！」

「あの家《いえ》を焼《や》きはらおう！」と、ウサギの声《こえ》。

そこでアリスは、あらんかぎりの大声《おおごえ》をはりあげました。

「そんなことしたら、ダイナをけしかけるからね！」

たちまち、あたりは水《みず》を打《う》ったようにしずまりかえりました。

(こんどは、なにをしかけてくるかしら！)

しばらくすると、小石《こいし》が雨《あめ》あられと窓《まど》から入《はい》りこんできて、ばらばらとアリスの顔《かお》にあたりました。おどろいたことに、小石《こいし》は床《ゆか》にころがると、みるみる小《ちい》さなケーキに変《か》わりました。

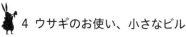

そこで、アリスは、すばらしいアイデアを思《おも》いつきました。

（このケーキを食《た》べてみたら、小《ち》さくなれるんじゃないかしら。）

小《ち》さなケーキをひとつ飲《の》みこんでみました。

すると、うれしいことに、たちまちからだがちぢんでいったのです。

ドアからぬけ出《だ》せるほど小《ち》さくなったとたんに家《いえ》から走《はし》り出《で》てみますと、外《そと》には小《ち》さなけものや鳥《とり》たちが大《おお》ぜいむらがっていました。

まん中《なか》には気《き》の毒《どく》な小《ち》さいトカゲのビルがいて、二ひきのモルモットにささえられ、なにかを飲《の》ませてもらっているところでした。

アリスを見《み》たとたん、みんな、うわっとおしよせてきたのですが、アリスはいっしょうけんめい走《はし》って、森《もり》のなかに逃《に》げこみました。

ここまで来《く》れば、もうだいじょうぶ。

「まず、もとの大《おお》きさにもどらなきゃ。そしたら、あのすてきなお庭《にわ》へ行《い》く道《みち》を見《み》つけようっと。」
ところが、頭《あたま》のすぐ上《うえ》で小《ちい》さくキャンとほえる声《こえ》がしました。巨大《きょだい》な子《こ》イヌが、まんまるい大《おお》きな目《め》でこちらを見下《みお》ろし、前足《まえあし》をひょいとのばしてアリスにさわろうとしています。
「よしよし！」

アリスはあやそうとしましたが、こわくてしかたがありません。だって、おなかをすかせた子《こ》イヌかもしれません。そしたら、どんなにやさしくしても、ぱくりと食《た》べられてしまいます。

アリスは小《ちい》さな枝《えだ》をひろいあげて、おそるおそる子《こ》イヌにさしだしてみました。

「ほーら。」

とたんに、子《こ》イヌはうれしそうにワンとほえ、ぴょーんと枝《えだ》に飛《と》びつき、かみついて、じゃれつくではありませんか。

逃《に》げるなら今《いま》です。

アリスはさっとかけだし、へとへとになるまで走《はし》りつづけました。

やがて子《こ》イヌのほえ声《ごえ》は遠《とお》くかすかに聞《き》こえるだけとなりました。

アリスは、キンポウゲの花《はな》にもたれながら息《いき》をととのえ、その葉《は》っぱを一枚《まい》とって自分《じぶん》をあおぎました。

「はあ、あぶなかったあ！　早《はや》く大《おお》きくならなくちゃ！」

あたりを見《み》まわすと、近《ちか》くに大《おお》きなキノコが生《は》えていました。アリスの背《せ》たけぐらいあります。

つま先立《さきだ》ちになって背《せ》のびをし、キノコのかさの上《うえ》をのぞいて見《み》たとたん、アリスの目《め》は大《おお》きな青虫《あおむし》の目《め》と出《で》くわしました。

青虫《あおむし》は、長《なが》い水《みず》ギセルでしずかにタバコをふかしながら腕組《うでぐ》みをしてキノコの上《うえ》にすわっておりました。

5 青虫《あおむし》が教《おし》えてくれたこと

しばらくのあいだ、青虫《あおむし》とアリスはだまって見《み》つめ合《あ》いました。

とうとう青虫《あおむし》は、ねむそうな声《こえ》で話《はな》しかけました。

「あんた、だれ？」

アリスは、かなりもじもじしながら答《こた》えました。

「あの、わたし、自分《じぶん》がだれかよくわからないんです。」

「わからんな。」

「わたしにも、わけがわからないんです。一日《にち》のうちにいろんな大《おお》きさになってしまうと、自分《じぶん》が自分《じぶん》じゃなくなるみたいで……。」

「そんなことはない。」
「でも、あなただって、いつか、さなぎになって、ちょうちょになったら、へんな感《かん》じがすると思《おも》いませんか。」
「ちっとも。」

「あなたにはそうでも、わたしにはとってもへんなことなんです。」

「あんたには、だって？」

青虫《あおむし》はばかにしたように鼻《はな》をならして、つづけました。

「あんた、だれ？」

これでまた会話《かいわ》のふりだしにもどることになりました。

アリスはだんだんいらいらしてきました。

「まずは、ご自分が名乗《なの》るべきではないでしょうか。」

「なんで？」

もうどう答《こた》えてよいかわからなかったし、青虫《あおむし》がかなりふきげんに見《み》えましたので、アリスは立《た》ちさろうとしました。

「もどってこい！　大事《だいじ》な話《はなし》がある！」

そう言《い》われたら、これはなにかありそうです。

アリスは回《まわ》れ右《みぎ》をしてもどってきました。

「怒《おこ》るな。」

「それだけですか？」

アリスは、怒《いか》りをできるだけおさえながら言《い》いました。

「いや。」

それから数分間《すうふんかん》、青虫《あおむし》はなにも言《い》わずにタバコをふかしていましたが、やがて腕組《うでぐ》みをやめて、水《みず》ギセルを口《くち》から出《だ》して言《い》いました。

「それじゃあ、あんたは自分《じぶん》が変《か》わったと思《おも》っておるんじゃな？」

「ええ、前《まえ》におぼえていたことが思《おも》い出《だ》せませんし――『小《ちい》さなかわいいハチさん』の歌詞《かし》がぜんぜんちがってしまいました！」

「では、『ウィリアム父《とう》さん、年《とし》だよ』をとなえてみたまえ。」

アリスは、両手《りょうて》の指《ゆび》を組《く》み合《あ》わせてとなえはじめました。

「ウィリアム父《とう》さん、年《とし》だよ、すっかり。」
若《わか》い息子《むすこ》が言《い》いました。
「頭《あたま》は白髪《しらが》でまっしろ、
なのに、しょっちゅう逆立《さかだ》ちばっかり！
年相応《としそうおう》に、ちゃんとしろ。」
父《とう》さん答《こた》えて、「そりゃ昔《むかし》はねえ、
脳《のう》に悪《わる》いと思《おも》ったさ。でも、

今《いま》じゃわかった、脳《のう》みそなんかねえ。
だから逆立《さかだ》ちするさ、いくらでも。」

「父《とう》さん、年《とし》だよ、あごもがくがく。
かめるとしたら脂身《あぶらみ》ぐらい。
なのに、がちょうを骨《ほね》ごとばくばく。
なぜにそんなに大食《おおぐ》らい？」

「若《わか》いころには、かんかんがくがく、
妻《つま》を相手《あいて》に、ばりばりの弁論《べんろん》。
きたえたあごは、しねえよ、がくがく。
ばりばり食《く》うよ、そりゃもちろん。」

「まちがっとる。」青虫《あおむし》は言《い》いました。

「ちょっ、ちがってたかも。少《すこ》し言葉《ことば》が変《か》わっちゃったかな。」

「はじめから終《お》わりまで全部《ぜんぶ》まちがっていた。」

数分間沈黙《すうふんかんちんもく》がつづき、やがて青虫《あおむし》のほうから口《くち》をききました。

「どれくらいの大《おお》きさになりたいのかね。」

「もう少し大《おお》きくなれるとありがたいんですけど。七、八センチの背《せ》たけじゃ、みじめですもの。」

「りっぱな背《せ》たけではないか！」

青虫《あおむし》は怒《おこ》って、背《せ》すじをのばしながら言《い》いました。

まさに七、八センチだったのです。

「でも、わたし、そんな背《せ》たけになれてないんです！」

「じきになれるさ。」

青虫《あおむし》はそう言《い》うと、またタバコを吸《す》いはじめました。

一、二分《ふん》すると、青虫《あおむし》は一、二度《ど》あくびをして、からだをぶるぶるっとさせました。それから、キノコからおりて、草《くさ》のなかへはって行《い》きながら、こう言《い》いました。

「いっぽうの側《がわ》は背《せ》が高《たか》くなる、反対側《はんたいがわ》は背《せ》が低《ひく》くなる。」

「いっぽうって、なんのいっぽう？　なんの反対側《はんたいがわ》？」

「キノコじゃよ。」

そう言《い》うと、青虫《あおむし》はいなくなってしまいました。

アリスはしばらく、しげしげと、まあるいキノコを見《み》つめながら、いっぽうの側《がわ》とはどちらなのだろうとなやんでいました。

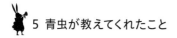

でも、ついにアリスは両腕《りょううで》をのばせるだけのばすと、両方《りょうほう》の手《て》でキノコのそれぞれのへりをもぎとったのです。

「さて、どっちがどっち？」

アリスは、右手《みぎて》に持《も》った切《き》れはしをかじってためしてみました。つぎの瞬間《しゅんかん》、あごの下《した》に強烈《きょうれつ》なパンチを感《かん》じました。あごが足《あし》にぶつかったのです！

からだは急速《きゅうそく》にちぢんでいたので、ぐずぐずしてはいられませんでした。大急《おおいそ》ぎでもういっぽうの切《き》れはしをかじることにしました。あごが足《あし》でぎゅうっとおしつけられていて、口《くち》をあけるのもやっとのことでしたが、左手《ひだりて》に持《も》った切《き》れはしをなんとかひと口《くち》かじって、飲《の》みこむことができました。

「ふう、やっと頭《あたま》が動《うご》くようになった！」

アリスがあげたよろこびの声《こえ》は、つぎの瞬間《しゅんかん》、悲鳴《ひめい》に変《か》わりました。

肩《かた》がどこにも見《み》あたらないのです。

見下《みお》ろして見《み》えるものと言《い》えば、ひょろ長《なが》い首《くび》だけです。

それは、はるか下《した》のほうにひろがる緑《みどり》の葉《は》の海《うみ》のなかからにょきにょきとのびている茎《くき》のようでした。

「わたしの肩《かた》はどこにいっちゃったの？　それに、お手《て》ては、どうして見《み》えなくなっちゃったのかしら？」

そう言《い》いながら、手《て》を動《うご》かしてみたのですが、なにもおこらず、ただ遠《とお》くの緑《みどり》の葉《は》がかすかにゆれただけでした。

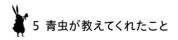

頭《あたま》を手《て》のところへ持《も》っていこうとしてみると、うれしいことに首《くび》がヘビのように、どの方向《ほうこう》にも自由自在《じゆうじざい》に曲《ま》がるではありませんか。

そのときです。

するどいシューという音《おと》がしたかと思《おも》うと、大《おお》きなハトがアリスの顔《かお》めがけて飛《と》んできて、つばさではげしくぶちました。

「ヘビめ！」と、ハトはさけびました。

「ヘビじゃありませんっ、ありません！」

「ヘビじゃないか！」

「ヘビじゃないんです、ほんとです。わたしは――女《おんな》の子《こ》です。」

ハトは、すっかりばかにしきった口調《くちょう》で言《い》いました。

「そんな首《くび》の長《なが》い女《おんな》の子《こ》は見《み》たこたぁないよ！　あんたはヘビだ。

あたしの卵《たまご》をねらってるんだろう。」

「いいえ、あなたの卵《たまご》はほしくないわ。生卵《なまたまご》はきらいなの。」

「じゃあ、どっかに行《い》っちまいな！」

ハトはふくれっつらでそう言《い》うと、いなくなってしまいました。

アリスは、手《て》にまだキノコを持《も》っていることを思《おも》い出《だ》しました。

そして、こっちをかじったらあっちというふうに気《き》をつけて、少《すこ》しずつ大《おお》きさを調節《ちょうせつ》し、ようやくいつもの背《せ》たけにもどれました。

やがて、森《もり》を歩《ある》いていると、急《きゅう》にひらけた場所《ばしょ》に出《で》ました。

そこには小《ちい》さなおうちがありました。

そこでアリスは、右手《みぎて》に持《も》っていたキノコをまたかじりはじめ、二十《にじっ》センチくらいの高《たか》さになってから家《いえ》に近《ちか》づいていきました。

6 ブタとコショウ

制服《せいふく》を着《き》た召《め》し使《つか》いが森《もり》のなかから走《はし》ってきました。お魚《さかな》の顔《かお》をしています。

お魚《さかな》の召《め》し使《つか》いは、家《いえ》のドアをげんこつでたたきました。

と、がちゃっとドアを開《あ》けて出《で》てきたのは、カエルのような大《おお》きな目《め》をした召《め》し使《つか》いでした。

お魚《さかな》の召《め》し使《つか》いは、大《おお》きな手紙《てがみ》を相手《あいて》にわたしながら、おごそかな口調《くちょう》でこう言《い》いました。

「公爵夫人《こうしゃくふじん》へ。女王陛下《じょおうへいか》よりクロッケーのゲームへのご招待《しょうたい》。」

カエルそっくりの召《め》し使《つか》いも、もったいぶって言《い》いました。

「女王陛下《じょおうへいか》より。公爵夫人《こうしゃくふじん》へクロッケーのゲームのご招待《しょうたい》。」

それからふたりが深々《ふかぶか》とおじぎをすると、頭《あたま》と頭《あたま》がごっちんこをして、くるくるの髪《かみ》の毛《け》がこんがらがってしまいました。

アリスはこれを見《み》て、しばらく大笑《おおわら》いしていました。

気《き》づくと、お魚《さかな》の召《め》し使《つか》いはいなくなっていて、カエルそっくりのほうがドアの近《ちか》くにすわってぽかんと空《そら》をながめていました。

アリスはおそるおそるドアまで行《い》って、ノックしてみました。

「なかじゃ大《おお》さわぎしとるから、聞《き》こえやせん」と、カエル顔《がお》。

たしかに、なかではすさまじい物音《ものおと》がしていました。

ひっきりなしの大声《おおごえ》、はーくしょんというくしゃみ、それに、お皿《さら》がこっぱみじんになるような、がっしゃんと割《わ》れる音《おと》です。

なのに、カエル顔《がお》の召《め》し使《つか》いは、ずっと空《そら》を見《み》あげているだけ。

「でも、しかたがないのかも。頭《あたま》のてっぺんに目《め》があるんですもの、カエルそっくり。どうしたってそっくりかえるわ。」

その瞬間《しゅんかん》、家《いえ》のドアが開《ひら》き、一枚《まい》の大皿《おおざら》が召《め》し使《つか》いの鼻《はな》をかすめて、うしろにあった木《き》にぶつかってこなごなになりました。

「あっ、開《あ》いた！」

アリスは、なかへ入《はい》ってみました。

そこは大《おお》きな台所《だいどころ》で、もうもうとけむりがたちこめていました。公爵夫人《こうしゃくふじん》が、部屋《へや》のまん中《なか》で赤《あか》んぼうをあやしており、料理人《りょうりにん》が火《ひ》にかけた大《おお》なべのスープをかきまぜています。

「あのスープ、ぜったいコショウの入《い》れすぎ！」

アリスは、くしゃみが止《と》まりませんでした。

台所《だいどころ》でくしゃみをしていないのは、料理人《りょうりにん》とネコだけでした。

ネコは、だんろの前《まえ》にねそべって、耳《みみ》から耳《みみ》までさけるほどの大《おお》きなお口《くち》でにったり笑《わら》っていました。

「どうして、おたくのネコは、ニヤニヤ笑《わら》っているのですか？」

アリスは、公爵夫人《こうしゃくふじん》にたずねました。

「あれはチェシャーネコだからだよ。
ブタ！」
アリスはぎょっとしました。
でもすぐに、
そのひどい言葉《ことば》は
赤《あか》んぼうにむかって言《い》われたのだと
わかりました。

「あの、どうしてブタだなんて――」

そのときです。

料理人《りょうりにん》が、手《て》あたりしだいに、なんでもかんでも、公爵夫人《こうしゃくふじん》と赤《あか》んぼうに投《な》げつけはじめました。

まず飛《と》んできたのは、火《ひ》ばしです。それから、フライパン、お皿《さら》、どんぶりなどが、雨《あめ》あられとふってきました。

「ああ、やめて！　赤《あか》ちゃんにあたったらどうするの！」

アリスは、こわくて、ぴょんぴょんとびはねながらさけびました。

なのに公爵夫人《こうしゃくふじん》は、なにごともなかったかのように子守《こも》り唄《うた》を歌《うた》い、一行《ぎょう》歌《うた》うごとに赤《あか》んぼうをはげしくゆさぶりました。

かわいいぼうやにゃ　どなりましょ。
くしゃみをしたなら　なぐりましょ。
くしゃみをしたのは　わざとです。
おとなをおちょくる　しわざです。

コーラス（料理人《りょうりにん》と赤《あか》んぼうも声《こえ》を合《あ》わせます。）
わー！　わー！　わー！

公爵夫人《こうしゃくふじん》は二番《ばん》を歌《うた》いながら、赤《あか》んぼうをらんぼうに空中《くうちゅう》にほうりあげるものですから、かわいそうに赤《あか》んぼうは大絶叫《だいぜっきょう》をします。

ぼうやはきびしく　しつけましょ。
くしゃみをしたなら　なぐりましょ。
だって、うれしい　はずでしょう？
いっぱい　吸《す》える　このコショウ！

コーラス　わー！　わー！　わー！

「ほら！　あやしたければ、あやしてもいいよ！」

公爵夫人《こうしゃくふじん》は、赤《あか》んぼうをぽーんとアリスに投《な》げてよこしました。

「わたしゃ、女王陛下《じょおうへいか》のクロッケーの試合《しあい》に行《い》かなきゃならん。」

そう言《い》うと、公爵夫人《こうしゃくふじん》は急《いそ》いで部屋《へや》を出《で》て行《い》ってしまいました。

そのうしろすがたを目《め》がけて、料理人《りょうりにん》がフライパンを投《な》げつけま

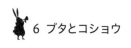

したが、おしいところではずれました。

かわいそうな赤《あか》んぼうは、ポッポーと蒸気機関車《じょうききかんしゃ》みたいに鼻《はな》を鳴《な》らしていましたが、からだを折《お》り曲《ま》げたかと思《おも》うとふんぞりかえってバタバタするので、だっこしているのがやっとでした。

ようやく、アリスは赤《あか》んぼうを外《そと》につれ出《だ》しました。

「わたしがこの子《こ》をつれ出《だ》さなかったら、今日《きょう》か明日《あした》には、この子《こ》はあの人《ひと》たちに殺《ころ》されちゃってたわ。」

赤《あか》んぼうがぶうぶうと言《い》うので、アリスはとても心配《しんぱい》して、どうしたのかしらと、その顔《かお》をのぞきこみました。

すごく上《うえ》をむいた鼻《はな》は、人間《にんげん》の鼻《はな》というよりブタの鼻《はな》でした。

「そんなに泣《な》いて、ブタになっても知《し》りませんからね！」

また赤《あか》んぼうがはげしくぶうぶう言《い》うので、顔《かお》をのぞきこんでみると、こんどはまちがえようがありません。

どこから見《み》てもブタでした。

あわてて下《した》におろすと、ちびちゃんはおとなしく森《もり》のなかへちょこちょこっとかけていってくれたので、アリスはほっとしました。

「あれが大《おお》きくなったら、ひどくみにくい子《こ》どもになるわ。だけど、ブタとしてはかっこいいのかも。ブタのほうがいい人間《にんげん》もいるわねｊ。」

そしてアリスが、知《し》り合《あ》いの子《こ》どものなかでブタになったら似合《にあ》いそうな子《こ》のことを思《おも》いうかべていた、そのときです。

アリスは、どきっとしました。数《すう》メートル先《さき》の木《き》の枝《えだ》の上《うえ》に、チェシャーネコがすわっているではありませんか。

ネコは、アリスのほうをむいてニヤリとしただけでした。

ギザギザの歯《は》と長《なが》い爪《つめ》を見《み》て、アリスはていねいにあいさつしてごきげんをとろうと思《おも》いました。

「チェシャーネコさん。」

そんな呼《よ》び方《かた》が気《き》に入《い》ってもらえるかわかりませんでしたが、ネコはニヤニヤ笑《わら》いを少《すこ》し幅広《はばひろ》くしただけでした。

「どうか、教《おし》えていただけないでしょうか。ここからどちらのほうへ行《い》ったらよろしいでしょう？」

「それは君《きみ》がどこに行《い》きたいかによるね。」

「どこでもいいのですが――」

「じゃあ、どっちに行《い》ったっていい。」

「――どこかにつきさえすれば、ということです。」

「そりゃあ、つくだろうよ、そこまで歩《ある》いていけばね。」

そのとおりだとアリスは思《おも》ったので、別《べつ》の質問《しつもん》をしてみました。

「このあたりにはどんな人《ひと》たちが住《す》んでいるのですか？」

「あっちには帽子屋《ぼうしや》が住《す》んでいる。こっちには三月《さんがつ》ウサギが住《す》んでいる。好《す》きなほうをたずねてごらん。どっちも気《き》がくるっている。」

「でも、気《き》がくるっている人《ひと》のところには行《い》きたくないです。」

「そりゃあ、しょうがないだろう。ここじゃあ、みんな気《き》がくるってるんだ。君《きみ》もくるっている。おれもくるっている。」

「わたしはくるってないと思《おも》いますが、どうしてあなたは、自分《じぶん》が気《き》がくるっているとわかるんですか？」

「まずはじめに、イヌは気《き》がくるっていない。それはいいね？」

「そう思《おも》います。」

「よろしい。それでは、イヌは怒《おこ》るとうなる。ところがおれは、うれしいとうなる。それゆえ、おれは気《き》がくるっている。」

「それって、うなっているんじゃなくて、のどを鳴《な》らしているんだと思《おも》いますけど」と、アリス。

「好《す》きに呼《よ》ぶがいいさ。今日《きょう》、女王様《じょおうさま》とクロッケーをするのかい？」

「ぜひしたいのですが、お呼《よ》ばれしていないんです。」
「そこで会《あ》おう。」
そう言《い》うと、ネコはふっと消《き》えてしまいました。
アリスはあまりおどろきませんでした。ふしぎなことがおこるのに、なれっこになっていたからです。

ネコがいたところを見《み》つめていると、またネコが見《み》えてきました。

「ところで、赤《あか》んぼうはどうなった？」

「ブタになりました。」

「そうだと思《おも》った」

と言《い》うと、ネコはまた消《き》えてしまいました。

アリスは、三月《さんがつ》ウサギが住《す》んでいるという方角《ほうがく》へ歩《ある》いてみました。

「帽子屋《ぼうしや》さんなら見《み》たことがあるけど、三月《さんがつ》ウサギってすごくおもしろそうだし、今《いま》は五月《がつ》だから、それほどくるっていないかも！」

ふと上《うえ》を見《み》ると、またさっきのネコが木《き》の枝《えだ》にすわっていました。

「ブタって言《い》ったの？　フタって言《い》ったの？」

「ブタです。それからどうか、そんなに急《きゅう》に出《で》たり消《き》えたりするのはやめてもらえませんか？　めまいがしそう！」

「わかった。」

そう言《い》うと、ネコは、とてもゆっくりと消《き》えていきました。しっぽの先《さき》から消《き》えはじめ、最後《さいご》にはニヤニヤ笑《わら》いがのこりました。ネコがすっかり消《き》えても、ニヤニヤ笑《わら》いはしばらくのこっていました。

「うわあ！　ニヤニヤ笑《わら》いなしの、ネコだけってのは見《み》たことあるけど、ネコなしのニヤニヤ笑《わら》いだけって、生《う》まれてはじめて見《み》たわ！」

いくらも行《い》かないうちに、三月《さんがつ》ウサギの家《いえ》が見《み》えてきました。

アリスはまだびくびくして、こう自分《じぶん》に言《い》いました。

「やっぱり、めちゃくちゃにくるっていたらどうしよう！　帽子屋《ぼうしや》さんのほうにしておけばよかったかなあ！」

7 おかしなお茶会《ちゃかい》

家《いえ》の前《まえ》の木《こ》かげに大《おお》きなテーブルがあって、そのはじっこで三月《さんがつ》ウサギと帽子屋《ぼうしや》がお茶《ちゃ》をしていました。

ヤマネがふたりのあいだにすわってぐっすりねむっており、ふたりはヤマネをクッションがわりに使《つか》っています。なんだかかわいそうですが、ねむっているから苦《くる》しくないのでしょうか。

アリスがやってくるのを見《み》ると、ふたりはさけびだしました。

「席《せき》はあいてないよぉ！　あいてないよぉ！」

「たっぷりあいてるじゃないの！」

アリスはむっとして、大《おお》きなひじかけイスにすわりました。

「ワインをどうぞ。」

三月《さんがつ》ウサギがすすめました。

アリスはテーブルを見《み》わたしましたが、お茶《ちゃ》しかありません。

「ワインなんて見《み》あたらないけど」と、アリス。

「ないからね。」

「じゃあ、どうぞって、すすめるのは失礼《しつれい》だわ。」

すると、帽子屋《ぼうしや》が、とつぜんなぞなぞを言《い》いました。

「大《おお》ガラスとかけて書《か》きもの机《づくえ》と解《と》く、その心《こころ》は？」

アリスはさっきまで怒《おこ》っていたくせに急《きゅう》にわくわくしてきました。

「それ、解《と》けそうな気《き》がするわ。」

「つまり、答《こた》えがわかると思《おも》ったってことかい？」と、三月《さんがつ》ウサギ。

「そうよ。」

「じゃあ、思《おも》ったことを言《い》ってくれなきゃ。」

「言《い》ってるわよ。少《すく》なくとも、わたしは言《い》ったことを思《おも》ったんだもの。それって、思《おも》ったことを言《い》うのと同《おな》じことでしょ。」

「ちっとも同《おな》じじゃないさ！　それじゃあ、『食《た》べるものが見《み》える』は『見《み》えるものを食《た》べる』と同《おな》じと言《い》うようなものだね！」

と、帽子屋《ぼうしや》が言《い》いました。

「それじゃあ、『手《て》に入《い》れたものが好《す》き』は『好《す》きなものを手《て》に入《い》れる』と同《おな》じと言《い》うようなものだね！」と、三月《さんがつ》ウサギ。

「それじゃあ、『ねむるとき息《いき》をする』は『息《いき》をするときねむる』

と同《おな》じと言《い》うようなものだね！」と、ヤマネ。

「そいつは、おまえにとっちゃ同《おな》じだろ！」

帽子屋《ぼうしや》がそう言《い》うと、そこで会話《かいわ》が終《お》わってしまいました。

みんながだまっているあいだ、アリスは、大《おお》ガラスと机《つくえ》のなぞなぞの答《こた》えを考《かんが》えていました。

最初《さいしょ》に沈黙《ちんもく》をやぶったのは帽子屋《ぼうしや》でした。

帽子屋《ぼうしや》はポケットから懐中時計《かいちゅうどけい》を取《と》り出《だ》して、そわそわとそれをながめ、ときどきふったり、耳《みみ》にあてたりしていたのですが、やがてアリスのほうをむいてたずねました。

「今日《きょう》は何日《なんにち》かね？」

アリスは少《すこ》し考《かんが》えてから言《い》いました。

「四日《よっか》です。」

「二日《ふつか》もずれている！」

帽子屋《ぼうしや》はため息《いき》をつくと、三月《さんがつ》ウサギをにらみつけました。

「だから、バターなんか歯車《はぐるま》に合《あ》わないって言《い》ったんだよ！」

「〝極上《ごくじょう》の〟バターだったんだよ。」

三月《さんがつ》ウサギはおずおずと答《こた》え、時計《とけい》を受《う》けとると、カップのなかのお茶《ちゃ》に時計《とけい》をちゃぽんとひたし、取《と》り出《だ》して見《み》つめました。

アリスは、ものめずらしそうに時計《とけい》をのぞきこんでいました。

「へんな時計《とけい》！　何日《なんにち》かわかるけど、何時《なんじ》かわからないのね！」

「あんたの時計《とけい》は何年《なんねん》かわかるのか？」と、帽子屋《ぼうしや》。

「もちろんわからないわ。だって、それは、ずっと長《なが》いあいだ同《おな》じ

In this Style 10/6

年《とし》のままだからよ。」

「それじゃ、わたしの時計《とけい》といっしょだ。」

アリスは、わけがわからなくなりました。

「ヤマネがまた寝《ね》ちゃった」

と、帽子屋《ぼうしや》は言《い》って、ヤマネの鼻《はな》に熱《あつ》い紅茶《こうちゃ》を少《すこ》しそそぎました。

ヤマネはいらいらと首《くび》をふると、目《め》をつぶったまま言《い》いました。

「そりゃそうだ。ぼくもまさにそう言《い》おうとしてたところだよ。」

「なぞなぞは解《と》けたかい？」

と、帽子屋《ぼうしや》はアリスのほうにむきなおって言《い》いました。

「いえ、こうさん。答《こた》えはなあに？」

「さっぱりわかんないねぇ」と、帽子屋《ぼうしや》。

「ぼくもだ」と、三月《さんがつ》ウサギ。

アリスは、ため息《いき》をつきました。

「もっとましな時間《じかん》の使《つか》いかたがあるんじゃないかしら。答《こた》えのないなぞなぞなんかで時間《じかん》をつぶしたりしていないで。」

「わたしのように時間《じかん》さんのことをよくわかっていたら、《時間《じかん》をつぶす》なんて言《い》わないだろうよ。時間《じかん》さん、いや、時間《じかん》さんだ」

と、帽子屋《ぼうしや》が言《い》いました。

「なに言《い》ってるのか、わからないわ。」

「そりゃそうさ！　時間《じかん》さんに話《はな》しかけたことすらないんだろ！」

帽子屋《ぼうしや》は、軽《けい》べつしたようにあごをつき出《だ》しました。

「ええ。音楽《おんがく》をならうときは、拍子《ひょうし》をとって、たたくけど。」

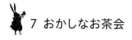

「ああ、それでわかった！　時間《じかん》さんはたたかれるのがいやなんだ。いいかい、時間《じかん》さんと仲《なか》よくさえしておけば、あんたの好《す》きな時刻《じこく》にしてくれる。たとえば、朝《あさ》の九時《じ》だとする。ちょうど授業《じゅぎょう》がはじまる時間《じかん》だ。そこでちょいと時間《じかん》さんに耳打《みみう》ちさえすれば、あっという間《ま》に時計《とけい》はぐるりめぐって、一時半《じはん》！　お昼《ひる》の時間《じかん》だ！」

「でも、それじゃあ──まだおなかがすかないんじゃない？」

「でも、好《す》きなだけ一時半《じはん》のままにしておけるんだ。」

「あなた、いつもそうしてるの？」

帽子屋《ぼうしや》はもの悲《がな》しげに首《くび》をふりました。

「してないさ！　この三月《がつ》に時間《じかん》さんとけんかをしちまってね。女《じょ》王陛下《おうへいか》の大《だい》コンサートでね、わたしは歌《うた》わなきゃならなかった。

きらきら、コウモリ！　お空《そら》は、くもり！

この歌《うた》、知《し》ってるよね、たぶん？」

「似《に》たようなのを聞《き》いたことあるけど。」

「こういうふうにつづくんだよね。」

飛《と》ぶよ、ぼんぼん。お空《そら》のお盆《ぼん》。

きらきら……

ここでヤマネがねむりながら「きらきら、きらきら……」と歌《うた》い

だしたので、つねってやめさせなければいけませんでした。

「一番《ばん》を歌《うた》いおえないうちに、女王陛下《じょおうへいか》が、さけんだんだ。『あの調子《ちょうし》っぱずれは、時間《タイミング》を殺害《さつがい》しておる！　やつの首《くび》をはねよ！』

「なんて野蛮《やばん》なの！」

「それからというもの、時間《じかん》さんは、わたしがおねがいしてもなにひとつやってくれないんだ！　いつだって六時《じ》のままなんだよ。」

ああ、そうか、とアリスは気《き》づきました。

「それでこんなにたくさんのお茶《ちゃ》の用意《ようい》がしてあるの？」

「そう。いつもお茶《ちゃ》の時間《じかん》だから、カップを洗《あら》う時間《じかん》もないんだ。」

「それで、席《せき》をずれてすわっていくのね？」

「まさにそうだよ。使《つか》いおわったカップはそのままにしてね。」

「でも、もとのところにまた来《き》たらどうするの？」

そのとき、三月《さんがつ》ウサギがあくびをしながら言《い》いました。

「話題《わだい》を変《か》えようか。なにかお話《はなし》をしてくれるといいんだがな。」

「お話《はなし》なんて知《し》りません。」

「じゃあ、ヤマネにさせよう！　おきろ、ヤマネ！」

ヤマネはゆっくりと目《め》を開《あ》けました。

「ねむってたわけじゃないよ。」

三月《さんがつ》ウサギとアリスは、熱心《ねっしん》にたのみました。

「お話《はなし》をしてくれ！」

「ええ、おねがい！」

帽子屋《ぼうしや》がつけくわえました。

「さっさとしろよ。さもないと、話《はな》しおえる前《まえ》に、おまえ、ねむっちゃうだろ。」

ヤマネは大急《おおいそ》ぎではじめました。

「昔々《むかしむかし》、三人《にん》の姉妹《しまい》がおりました。三人《にん》は井戸《いど》の底《そこ》に住《す》んでいて…」

「なにを食《た》べて生《い》きていたの？」

アリスが聞《き》くと、ヤマネは一、二分考《ふんかんが》えてから答《こた》えました。

「シロップが主食《しゅしょく》でした。」

「それはありえないわ。病気《びょうき》になっちゃうもの。」

「病気《びょうき》でした。〝重病《じゅうびょう》〟です。」

「どうして井戸《いど》の底《そこ》に住《す》んでたの？」と、アリス。

ヤマネは、また一、二分考《ふんかんが》えてから言《い》いました。

「シロップの井戸《いど》だったのです。」

「そんなものないわ！」

アリスは腹《はら》を立《た》ててしまいましたが、帽子屋《ぼうしや》と三月《さんがつ》ウサギに「しーー！　しーー！」とたしなめられ、ヤマネからはふきげんに「自分《じぶん》でつづきを話《はな》すがいいさ」と言《い》われてしまいました。

「ごめんなさい、どうかつづけて！　もう口《くち》ははさみません！」

ヤマネは怒《おこ》っていましたが、話《はなし》をつづけることにしてくれました。

「三人姉妹《にんしまい》は、お絵《え》かきをならっていました。」

「なんの絵《え》を描《か》いたの？」と、またアリス。

「シロップの絵《え》。」

ヤマネがこんどは少《すこ》しも考《かんが》えずに答《こた》えると、帽子屋《ぼうしや》が言《い》いました。

「きれいなカップにしたいなぁ。席《せき》をひとつ、ずれようか。」

そう言《い》って帽子屋《ぼうしや》はとなりにうつり、ヤマネと三月《さんがつ》ウサギもそれにつづきました。アリスも、ミルクがぶちまけられた三月《さんがつ》ウサギの席《せき》にいやいやすわりました。結局《けっきょく》、得《とく》をしたのは帽子屋《ぼうしや》だけでした。

気《き》をとりなおして、アリスはまた質問《しつもん》しました。

「だけど、その子《こ》たち、どこからシロップを描《か》きだしたのかしら?」

帽子屋《ぼうしや》が横《よこ》からこう答《こた》えました。

「水《みず》の井戸《いど》から水《みず》をかきだすように、シロップはシロップの井戸《いど》からかきだすに決《き》まってるじゃないか——**ばっかじゃないの?**」

アリスは最後《さいご》の言葉《ことば》を無視《むし》して、ヤマネにたずねました。

「かきだす、かきだすというけど、三人《にん》は井戸《いど》の底《そこ》にいたんでしょ?」

「もちろん、井戸《いど》の底《そこ》さ。まさに、そこが、いどころ。」

この答《こた》えで、かわいそうなアリスはすっかりいやになってしまい、立《た》ちあがり、歩《ある》きさろうとしました。

ヤマネはたちまちねむりにおち、のこりのふたりはアリスが立《た》ちさることを気《き》にもかけません。

アリスは一度《ど》か二度《ど》、うしろをふりかえり、呼《よ》びとめてくれないかしらと少《すこ》し期待《きたい》しました。

でも、最後《さいご》に見《み》たのは、ふたりがヤマネをティーポットのなかにおしこもうとしているところでした。

「とにかく、もうあんなところには二度《にど》と行《い》かないわ！　あんなばかげたお茶会《ちゃかい》に出《で》たの、生《う》まれてはじめて！」

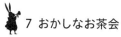

ちょうどそう言《い》ったとき、一本《ぽん》の木《き》にドアがついていて、なかに入《はい》れることに気《き》づきました。

「これは、とてもへんてこりんだわ！　でも、おもしろそう！」

入《はい》ってみると、また、あの細長《ほそなが》い広間《ひろま》に出《で》ました。

小《ちい》さなガラスのテーブルのすぐ近《ちか》くです。

「よし、こんどこそうまくやろう。」

アリスは小《ちい》さな金色《きんいろ》のかぎを取《と》って、ドアのかぎを開《あ》けました。

それから、キノコ（ポケットにしまってあったのです）をかじって、三十《さんじっ》センチぐらいの背《せ》たけになりました。

そうして、ドアのむこうの小《ちい》さな通路《つうろ》をくぐりぬけますと――。

ついにあの美《うつく》しいお庭《にわ》に出《で》たのです。

8

女《じょ》王《おう》陛《へい》下《か》のクロッケー場《じょう》

お庭《にわ》の入《い》り口《ぐち》の近《ちか》くに、大《おお》きなバラの木《き》があって、三人《にん》の庭師《にわし》が、その白《しろ》いバラの花《はな》を、せっせと赤《あか》くぬっていました。

アリスは近《ちか》づいて、たずねました。

「どうしてそのバラをぬっているんですか？」

ひとりが、ぼそぼそと話《はな》しだしました。

「じつはその、おじょうちゃん、ここには赤《あか》いバラの木《き》を植《う》えなきゃいけないのに、まちがえて白《しろ》いのを植《う》えちまったんですよ。女王《じょおう》様《さま》に見《み》つかったら、あっしらみんなの首《くび》がとぶんです。だから――」

このとき、心配《しんぱい》そうに庭《にわ》を見《み》まわしていた、もうひとりの庭師《にわし》がさけびました。

「女王様《じょおうさま》だ！　女王様《じょおうさま》だ！」

三人《にん》の庭師《にわし》はぱっと地面《じめん》に顔《かお》をふせて土下座《どげざ》をして、ひらべったくなってしまいました。

最初《さいしょ》に来《き》たのは、こんぼう《クラブ》を持《も》った十人《にん》の兵隊《へいたい》さんでした。みんな、庭師《にわし》と同《おな》じように、長方形《ちょうほうけい》でぺったんこのからだの四《よ》すみから手《て》足《あし》をつきだしています。それから廷臣《ていしん》が十人《にん》。この人《ひと》たちはダイヤモンドでかざりこんでいました。そのあとに、王家《おうけ》のかわいらしい子《こ》どもたち十人《にん》。この子《こ》たちには、みんなハートのマークがついていました。行列《ぎょうれつ》のなかに白《しろ》ウサギがいました。白《しろ》ウサギは、だれかにせかせかと早口《はやくち》でしゃべっていて、アリスに気《き》づかずに行《い》ってしまいました。そのあとから、ハートのジャックが、真紅《しんく》のベルベットのクッションの上《うえ》に王様《おうさま》の冠《かんむり》をのせて運《はこ》んでいます。そしてこの壮大《そうだい》な行列《ぎょうれつ》の最後《さいご》にやってきたのが、**ハートの王様《おうさま》と女王様《じょおうさま》**でした。

アリスのところまでくると、一同《いちどう》は止《と》まってアリスを見《み》ました。

女王様《じょおうさま》はアリスのほうをむいて、きびしい声《こえ》でたずねました。

「名前《なまえ》は、なんというのか、そこの子《こ》ども？」

「アリスと申《もう》します、女王陛下《じょおうへいか》。」

アリスはとてもていねいに答《こた》えましたが、こう思《おも》いました。

「なあんだ、この人《ひと》たち、ただのトランプじゃない。こわがることなんかなかった！」

「して、この者《もの》どもは？」

女王様《じょおうさま》は、バラの木《き》のまわりではいつくばっている三人《にん》の庭師《にわし》を指《さ》して聞《き》きました。だって、顔《かお》をふせているから、背中《せなか》のもようがほかのトランプと同《おな》じで、だれなのか、わからなかったからです。

「わたしの知《し》ったことではありません」と、アリス。

女王様《じょおうさま》は怒《いか》りで顔《かお》がまっ赤《か》になり、アリスをにらみつけました。

『この者《もの》の首《くび》をはねよ！
この者《もの》の首《くび》――』
「ナンセンス！」

アリスが大《おお》きな声《こえ》で言《い》うと、女王様《じょおうさま》はだまってしまいました。

王様《おうさま》は女王様《じょおうさま》の腕《うで》に手《て》をかけて、おずおずとおっしゃいました。

「ねえ、おまえ、まだ子《こ》どもなんだから！」

女王様《じょおうさま》は怒《おこ》ってそっぽをむき、ジャックに命令《めいれい》しました。

「こいつらをひっくりかえせ！」

ジャックは、片足《かたあし》で庭師《にわし》たちをうらがえしました。

「おきろ！」

女王様《じょおうさま》が大《おお》きな金切《かなき》り声《ごえ》でおっしゃると、三人《にん》の庭師《にわし》はたちまち飛《と》びおきて、ぺこぺことおじぎをしはじめました。

女王様《じょおうさま》は、バラの木《き》にむいて言《い》いました。

「ここでなにをしていたのだ？」

「女王陛下《じょおうへいか》に申《もう》しあげます。わたくしどもは――」

「なぁるほど！」

バラを調《しら》べていた女王様《じょおうさま》は、言《い》いました。

「この者《もの》たちの首《くび》をはねよ！」

「えええっ！」と、三人《にん》は悲鳴《ひめい》をあげました。

女王様《じょおうさま》は、庭師《にわし》たちの死刑執行《しけいしっこう》をするために三人《にん》の兵隊《へいたい》をあとにのこして、行列《ぎょうれつ》とともにさっさと去《さ》っていきました。

庭師《にわし》たちはアリスのもとへ助《たす》けをもとめて走《はし》ってきました。

「だいじょうぶ、首《くび》なんて切《き》らせないわ！」

アリスは、近《ちか》くにあった大《おお》きな植木鉢《うえきばち》に三人《にん》を入《い》れてやりました。

三人《にん》の兵隊《へいたい》は、しばらくあたりをうろうろしてさがしていましたが、やがて行列《ぎょうれつ》を追《お》って行進《こうしん》していきました。

「首《くび》をはねたか？」

女王様《じょおうさま》が大声《おおごえ》でたずねました。

「首《くび》はなくなりましてございます、女王陛下《じょおうへいか》！」

と、兵隊《へいたい》たちが声《こえ》をはりあげて答《こた》えました。

「よろしい！　そなたはクロッケーができるか？」

兵隊《へいたい》たちはだまって、アリスを見《み》ました。

女王様《じょおうさま》の質問《しつもん》は、アリスにむけられていたのです。

「はい！」

と、アリスは、声《こえ》をはりあげました。

「では、おいで！」

そこで、アリスは行列《ぎょうれつ》についていきました。

さあ、これからどうなってしまうことやら……。

「す――すごくいい天気《てんき》ですねえ！」

おずおずとした声《こえ》が横《よこ》から聞《き》こえてきました。

白《しろ》ウサギが、そわそわとアリスの顔《かお》をのぞきこんでいます。

「とっても。公爵夫人《こうしゃくふじん》はどちら？」

「しー！　しー！」

ウサギはあわてて、アリスの耳《みみ》もとに口《くち》をよせ、ささやきました。

「死刑《しけい》の宣告《せんこく》を受《う》けたんですよ。」

「なんでまた？」と、アリス。

「女王様《じょおうさま》をひっぱたいたんですよ！」

アリスはケタケタと笑《わら》ってしまいました。

「しっ、しーっ！　女王様《じょおうさま》に聞《き》こえちまいます！」

そのとき女王様《じょおうさま》が、

「位置《いち》につけ！」

と、かみなりのような声《こえ》をはりあげたので、試合《しあい》がはじまりました。

アリスは、こんなへんてこりんなクロッケーは生《う》まれてこのかた見《み》たことがないと思《おも》いました。

あたりいちめんでこぼこですし、ボールは生《い》きているハリネズミですし、ボールを打《う》つクラブは生《い》きたフラミンゴです。しかも、ボールをくぐらせるアーチは、兵隊《へいたい》たちがからだを弓《ゆみ》なりに曲《ま》げて手《て》と足《あし》を地面《じめん》につけているのです。

競技者《きょうぎしゃ》は自分《じぶん》の番《ばん》を待《ま》たず、ハリネズミをうばいあいだしました。またたく間《ま》に女王様《じょおうさま》はカーッとなって足《あし》をふみならし、「この男《おとこ》の首《くび》を切《き》れ！」とか「この女《おんな》の首《くび》を切《き》れ！」と声《こえ》をはりあげました。

アリスが気《き》づかれずににげだせないかと思《おも》ってあたりを見《み》まわしていると、空中《くうちゅう》にへんてこなものが出《で》てきました。

それはニヤニヤ笑《わら》いでした。

「チェシャーネコだわ。」

話《はなし》ができるほど口《くち》が見《み》えてきたとたんに、ネコはたずねました。

「女王様《じょおうさま》は好《す》きかい？」

「ぜんぜん。だって、あの人《ひと》、あまりにも――」

そのとき、女王様《じょおうさま》がうしろに立《た》って聞《き》き耳《みみ》をたてているのに気《き》づいて、アリスはこうつづけました。

「――おじょうずで、まちがいなくお勝《か》ちになるから、試合《しあい》を最後《さいご》までやる意味《いみ》がないんですもの。」

女王様《じょおうさま》は、にっこり笑《わら》って、立《た》ちさりました。

「だれに話《はな》しているのかな？」

と、たずねたのは通《とお》りかかった王様《おうさま》でした。ネコの頭《あたま》をとても興味《きょうみ》

深《ぶか》げに見《み》つめています。

「お友《とも》だちです――チェシャーネコです。」

「この顔《かお》はまったく気《き》に食《く》わんな。だが、わしの手《て》にキスをしたく
ば、してもよいぞ。」

「したくないね」

と、ネコは言《い》いました。

「なんと無礼《ぶれい》な！　このでかい顔《かお》は、どかしてもらわんとならん。」

王様《おうさま》はだんことして言《い》って、女王様《じょおうさま》に呼《よ》びかけました。

「なあ、おまえ！　このネコをどかしてくれんかな！」

「この者《もの》の首《くび》をはねよ！」

と、女王様《じょおうさま》は見《み》むきもせずに言《い》いました。

「よおし、わしが自分《じぶん》で処刑人《しょけいにん》をつれてこよう。」

王様《おうさま》はいきおいこんで処刑人《しょけいにん》をつれてきましたが、ここで大問題《だいもんだい》が発生《はっせい》したので、処刑人《しょけいにん》と王様《おうさま》と女王様《じょおうさま》が議論《ぎろん》をはじめました。

処刑人《しょけいにん》が言《い》うには、切《き》りはなすべき胴体《どうたい》がなければ、首《くび》を切《き》ることはできない。王様《おうさま》が言《い》うには、首《くび》があるのだから首《くび》は切《き》れるはずだ。女王様《じょおうさま》が言《い》うには、即刻実行《そっこくじっこう》できないなら、ここにいる全員《ぜんいん》の首《くび》をはねるということでした。(これを聞《き》いて、みんな青《あお》ざめました。)

アリスは、こう提案《ていあん》しました。

「このネコは公爵夫人《こうしゃくふじん》のネコですから、まず公爵夫人《こうしゃくふじん》に聞《き》かなければなりません。」

「公爵夫人《こうしゃくふじん》は牢屋《ろうや》に入《はい》っている。ここにつれてきなさい。」

女王様《じょおうさま》に命《めい》じられた処刑人《しょけいにん》は、矢《や》のごとく飛《と》び出《だ》して行《い》きました。
すると、ネコの首《くび》は、とたんにぼやけはじめ、処刑人《しょけいにん》が公爵夫人《こうしゃくふじん》をつれてもどってきたときには、すっかり消《き》えてしまいました。

王様《おうさま》と処刑人《しょけいにん》は、ネコをさがしてあちらこちらを走《はし》りまわって大《おお》さわぎをしましたが、もちろんみつかりませんでした。

9 海《うみ》ガメもどきの話《はなし》

「まあ、またお会《あ》いできるなんて、なんてうれしいことでしょう！」

公爵夫人《こうしゃくふじん》は、アリスの腕《うで》に自分《じぶん》の腕《うで》をねじこみ、陽気《ようき》に言《い》いました。台所《だいどころ》で会《あ》ったときにあんなにぶっきらぼうだったのは、コショウのせいだったのかもしれない、とアリスは思《おも》いました。

「試合《しあい》はよくなってきたようですね。」

アリスが言《い》うと、公爵夫人《こうしゃくふじん》は、とんがった小《ちい》さなあごをアリスの肩《かた》に食《く》いこませながら、答《こた》えました。

「そうね。そして、その教訓《きょうくん》は、『意味《いみ》に心《こころ》を。心《こころ》があれば、「音《おと》」

も自然《しぜん》と「意《い》」になる』。」

アリスにはよくわかりませんでしたが、公爵夫人《こうしゃくふじん》にこれ以上《いじょう》べったりくっついてきてほしくないとだけ思《おも》いました。

「なぜわたしがあなたの腰《こし》に手《て》を回《まわ》さないと思《おも》う？　それはね、フラミンゴがかみついてきそうだからですよ。実験《じっけん》してみましょうか？」

「かみつくかもしれませんよ。かまれたら、ヒリヒリしますよ」

と、アリスは、実験《じっけん》なんか、ぜんぜんしてほしくないと思《おも》って、しんちょうに答《こた》えました。

「なるほど、フラミンゴとからしは、どちらもヒリヒリするわね。その教訓《きょうくん》は『同《おな》じ羽《はね》の鳥《とり》はあつまる』、つまり『類《るい》は友《とも》を呼《よ》ぶ』。」

「からしは鳥《とり》じゃありませんけど。」

「あいかわらず、おっしゃるとおり。」

「からしは鉱物《こうぶつ》だったかしら。」

「もちろんそうですよ。大好物《だいこうぶつ》。その教訓《きょうくん》は――」

このとき、公爵夫人《こうしゃくふじん》ががたがたふるえだしました。

はっと顔《かお》をあげると、目《め》の前《まえ》には女王様《じょおうさま》が腕組《うでぐ》みをして、かみなり様《さま》のようにこわい顔《かお》をして立《た》っていました。

「よいか、警告《けいこく》しておくぞ。」

女王様《じょおうさま》は、足《あし》をふみならしながらどなりました。

「おまえがいなくなるか、おまえの首《くび》がなくなるかだ、それもあっともいわぬ間《ま》にだ！　どちらかえらべ！」

公爵夫人《こうしゃくふじん》は自分《じぶん》がいなくなるほうをえらんで、いなくなりました。

女王様《じょおうさま》は、アリスに言《い》いました。

「海《うみ》ガメもどきは見《み》たことがあるかね。」

「いいえ。海《うみ》ガメもどきがなにかさえ知《し》りません。」

「海《うみ》ガメもどきスープというのがあるじゃろ。あれの材料《ざいりょう》じゃ。」

本当《ほんとう》は、海《うみ》ガメもどきスープというのは、子牛《こうし》の頭《あたま》などを材料《ざいりょう》に使《つか》って海《うみ》ガメのスープと似《に》た味《あじ》にしたスープのことです。

「見《み》たことも聞《き》いたこともありません。」

「では、海《うみ》ガメもどきに生《お》い立《た》ちを話《はな》させよう。」

やがて、ふたりは、ひなたぼっこをしてぐっすりねむっているグリフォンに出会《であ》いました。（みなさんは、グリフォンがどんなものか知《し》らなければ、１２９ページの絵《え》を見《み》てくださいね。）

「おきろ、なまけ者《もの》！　このおじょうさんを海《うみ》ガメもどきのところへ案内《あんない》し、やつの話《はなし》を聞《き》かせてやりなさい。」

女王様《じょおうさま》は大声《おおごえ》をあげると、アリスをのこして去《さ》ってしまいました。

グリフォンは目《め》をこすっておきあがり、くっくと笑《わら》いだしました。

「けっさくだぜ！」

「なにがけっさくなの？」

「なにって、女王様だよ。つもりになってるだけなんだよ。実際《じっさい》はだれひとり処刑《しょけい》なんかしてないんだ。さあ、おいで！」

いくらも歩《ある》かぬうちに、遠《とお》くに海《うみ》ガメもどきが見《み》えてきました。

胸《むね》がはりさけんばかりのため息をついているのが聞《き》こえます。

「なんてかわいそうなのかしら。」

「つもりになってるだけだよ。悲《かな》しむことなんかありゃしない。」

海《うみ》ガメもどきは、大《おお》きな目《め》にいっぱいなみだをためてふたりを見《み》つめましたが、なにも言《い》いませんでした。

「こちらのおじょうさんがおまえさんの話《はなし》を聞《き》きたいんだってさ」

と、グリフォンがきりだしました。

「話《はな》してきかせよう。話《はなし》が終《お》わるまで一言《ひとこと》も口《くち》をきかないように。」

海《うみ》ガメもどきは、深《ふか》く、うつろな口調《くちょう》で言《い》いました。

そこでふたりは腰《こし》をおろし、数分間《すうふんかん》、だまっていました。

「はじめなかったら、話《はなし》が終《お》わらないじゃない？」

と、アリスは思《おも》いましたが、しんぼう強《づよ》く待《ま》ちました。

ついに海《うみ》ガメもどきが、深《ふか》いため息《いき》をついて言《い》いました。

「昔《むかし》、ぼくは、本物《ほんもの》の海《うみ》ガメだったんだ――」

このあと、長《なが》い長《なが》い沈黙《ちんもく》がやってきました。ときおりグリフォンの「ほゃくるるぅ！」というさけび声《ごえ》がひびくばかりでした。

「――海《うみ》の学校《がっこう》に通《かよ》っていたんだ。先生《せんせい》は年寄《としよ》りの海《うみ》ガメだったけど、茶々《ちゃちゃ》と呼《よ》ばれていた。」

「どうして海《うみ》ガメなのに茶々《ちゃちゃ》と呼《よ》ばれていたの？」

「先生《せんせい》はティーチャだろ。ティーとは茶《ちゃ》のことだ。だから茶々《ちゃちゃ》じゃないか。」

それから、海《うみ》ガメもどきは、つぎのようにつづけました。

「ぼくらが通《かよ》っていた学校《がっこう》は海《うみ》のなかにあったんだ、信《しん》じられないかもしれないけど――じつは、毎日《まいにち》、学校《がっこう》に行《い》ったんだ。」

「わたしだって毎日学校《まいにちがっこう》に行《い》っているわ。」

「特別科目《とくべつかもく》もある？」

「ええ、フランス語《ご》と音楽《おんがく》があるわ。」

「お洗濯《せんたく》も？」

「そんなものあるわけないでしょ。」

「なあんだ！　じゃあ、君《きみ》の学校《がっこう》はたいしたことないな。ぼくらの学校《がっこう》じゃ、授業料《じゅぎょうりょう》の明細書《めいさいしょ》の最後《さいご》に『フランス語《ご》、音楽《おんがく》、センタク授業《じゅぎょう》――特別料金《とくべつりょうきん》』とあったんだ。ぼくは普通授業《ふつうじゅぎょう》だけとったけど。」

「どんな授業《じゅぎょう》？」

「まず、もみ肩《かた》、かい、かき肩《かた》だね。それから、算数《さんすう》だ。めでたし算《ざん》、かぜひき算《ざん》、わりぃわりぃわりぃ算《ざん》。」

そんな計算《けいさん》、アリスは聞《き》いたこともありませんでした。

「ほかにはどんな科目《かもく》をならったの？」

「おせっかい史《し》の授業《じゅぎょう》があったよ。古代《こだい》おせっかい史《し》と現代《げんだい》おせっかい史《し》。それからビジツ。ビジツの先生《せんせい》はお年寄《としよ》りのヒツジ。」

「おれ、古典《こてん》を教《おそ》わった。わかったかに？　が口《くち》ぐせのカニのじいさん先生《せんせい》だった」と、グリフォン。

「その先生《せんせい》、チンプン漢文《かんぶん》を教《おし》えてくれたんだ」と、海《うみ》ガメもどき。

「それで、毎日何時間《まいにちなんじかん》の授業《じゅぎょう》があったの？」

「最初《さいしょ》の日《ひ》は十時間《じかん》。つぎの日《ひ》は九時間《じかん》、といった具合《ぐあい》さ。」

「へんてこりんな時間割《じかんわり》ね！」

「だから、時間割《じかんわり》っていうんじゃないか。なんとか割《わり》っていうのは、少《すこ》しへらしてくれることをいうんだよ。」

「それじゃあ、十一日目《にちめ》には、お休《やす》みになってしまうんじゃない？」

「もちろんさ。」

「じゃあ、十二日目《にちめ》にはどうするの？」

そこでグリフォンが、口《くち》をはさみました。

「勉強《べんきょう》の話《はなし》はもういいよ。遊《あそ》びの話《はなし》をしておやりよ。」

10 ロブスターのおどり

海《う》《み》ガメもどきは、なみだをつうっと流《なが》しながらつづけました。

「君《き》《み》は海《う》《み》のなかでくらしたことはあまりないかもしれないが――」

「ないわ」とアリス。

「それにロブスターに紹介《しょうかい》されたこともないかもしれないが――」

「一度食《どた》べ――ええ、ないわ。」

「君《きみ》は、ロブスターのおどりがどんなにすてきなものか想像《そうぞう》もつかないだろうよ！」

「どんなおどりなの？」

「最初《さいしょ》のところをやってみよう！　グリフォン、どっちが歌《うた》う？」

「ああ、おまえさんが歌《うた》ってくれよ。おれは歌詞《かし》をわすれちまった。」

そこで、二ひきは、アリスのまわりをぐるぐるおどりはじめました。

海《うみ》ガメもどきは、とても悲《かな》しげにこう歌《うた》いました。

「急《いそ》げよ、カタツムリ」と言《い》うはタラ。

「イルカが押《お》すんだ」と文句《もんく》たらたら。
「ロブスターとカメが行《い》く、楽《たの》しそう！
みんなのいる浜辺《はまべ》で、さあ、おどろう。
どうだい、いやかい、おどろうよ。
どうだい、いやかい、おどろうよ。」

「海《うみ》の上《うえ》へ飛《と》ぼう、さあ、スタート！
沖《おき》までジャンプするぞ、ロブスターと！」
だが、「遠《とお》すぎる！」と、にらむカタツムリ。
「せっかくだが、おどるのはとても　ムリ。
だめです、いやです、おどらない。

だめです、いやです、おどらない。」

「ありがとう。とても興味深《きょうみぶか》いおどりだったわ。タラのへんてこりんな歌《うた》も気《き》に入《い》ったし。」

アリスは、おどりが終《お》わってくれて心《こころ》からほっとして、言《い》いました。

「あ、タラと言《い》えば、どうしてタラっていうのか、知《し》っているかい？」と、海《うみ》ガメもどき。

「考《かんが》えたこともないわ。どうして？」

「大口魚《タラ》っていうのはね、でかい口《くち》して、たらふく食《く》うからさ」

と、グリフォンはとても重々《おもおも》しく言《い》いました。

「やたらめったら？」

「よだれをたらたら、たらしてね。いやもう、ぐーたらなやつで、ひとをたらしこんだりもする。うそつきの仲間《なかま》といっしょに。」

「うそつきの仲間《なかま》ってだあれ？」

「大《おお》ぼらに、ぶりっ子《こ》に決《き》まってるだろ！」

まだ歌《うた》のことを考《かんが》えていたアリスは言《い》いました。

「わたしがタラだったら、イルカに言《い》ってやったのに。『押《お》さないでちょうだい！　あなたはお呼《よ》びじゃないわ！』って。」

「お呼《よ》びだったのさ。かしこい魚《さかな》なら、イルカなしにどこにも行《い》きやしないよ」と、海《うみ》ガメもどき。

「本当《ほんとう》？」

「だって、どこかの魚《さかな》が来《き》て、旅《たび》に出《で》るって言《い》ったら、『どちらの、まぁ、イルカちゃんと？』って聞《き》くもの。」

「そうなの？」

「『どちらのぅ、まぁいるか』ってちゃんと。」

「ひょっとして『どちらへまいるか？』ってちゃんと聞《き》くってこと？」

「今言《いまい》ったとおりの意味《いみ》です」

と、海《うみ》ガメもどきは、むっとして答《こた》えました。

グリフォンが話《はなし》を変《か》えました。

「この子《こ》になにか暗唱《あんしょう》してもらおうか。立《た》ちあがって、『ぐうたらの声《こえ》が聞《き》こえる』を暗唱《あんしょう》したまえ。」

二ひきは両側《りょうがわ》からアリスにぴったりくっついて、目《め》と口《くち》を、それはそれは大《おお》きく開《あ》けて待《ま》ちました。
アリスは立《た》ち上《あ》がって暗唱《あんしょう》をはじめましたが、なにを言《い》っている
のか自分《じぶん》でもわからなくなりました。

その庭先《にわさき》を歩《ある》いてみれば、見《み》えたよ、今日《きょう》、
パイをいっしょに食《た》べてた、フクロウとヒョウ。
ヒョウは、パイ皮《がわ》とお肉《にく》と肉汁《にくじゅう》を、むしゃむしゃ、

フクロウは、お皿《さら》しかもらえなくて、むしゃくしゃ。

フクロウは、負《ま》けてやったのさ、おお負《ま》けに。

だから帰《かえ》りにスプーンもらったさ、おまけに。

ヒョウときたら、ナイフとフォークを受《う》けとって、しゃっくり。

宴会《えんかい》のしめくくりに、ヒョウがフクロウを、ぱっ——


「これほどわけわかんないもの、聞《き》いたことがない！」

「そうだね、やめたほうがいい。」

二ひきに止《と》められて、アリスはほっとしました。

「海《うみ》ガメもどきよ、この子《こ》に『海《うみ》ガメ・スープ』を歌《うた》ってやったらどうだい？」

グリフォンにおねがいされて、海《うみ》ガメもどきは深《ふか》くため息《いき》をついてから、すすり泣《な》きで声《こえ》をつまらせながら、このように歌《うた》いました――。

おーいしいスープ、こってり緑《みどり》、
熱《あつ》いなべに　たっぷり。
これはニュースだ、大《だい》スクープ！
今夜《こんや》のスープは、おーいしいスープ！
今夜《こんや》のスープは、おーいしいスープ！
おぉーいしい　スーーゥプ、

おぉーいしい　スーーゥプ、
こぉーんやぁのー　スープは
おいしい、おいしい、スーゥプ。

ちょうどそのとき、さけび声《ごえ》が遠《とお》くで聞《き》こえました。

「裁判《さいばん》がはじまります！」

「さあ、おいで！」

グリフォンはさけんで、アリスの手《て》をつかみ、走《はし》り出《だ》しました。

「なんの裁判《さいばん》？」

アリスは走《はし》りながら息《いき》を切《き》らしてたずねましたが、グリフォンはただ、「おいで！」と答《こた》えてスピードをあげただけでした。

11 タルトをぬすんだのはだれ？

ふたりがやってきたときには、ハートの王様《おうさま》と女王様《じょおうさま》が王座《おうざ》についていて、そのまわりに大《おお》ぜいがあつまっていました。

くさりにつながれたハートのジャックが、前《まえ》に立《た》っていました。

王様《おうさま》のそばにいるのは、あの白《しろ》ウサギです。片手《かたて》にラッパを、もう片方《かたほう》の手《て》に巻物《まきもの》を持《も》っています。

まん中《なか》のテーブルにはタルトをもりつけた大皿《おおざら》がのっていました。

「あれが裁判官《さいばんかん》だわ。だって、大《おお》きなかつらをかぶっているもの。」

裁判官《さいばんかん》は王様《おうさま》でした。

「そして、あれが陪審員席《ばいしんいんせき》だわ。そして、この十二匹《ひき》の生《い》き物《もの》が、たぶん、陪審員《ばいしんいん》だわ。」

陪審員《ばいしんいん》というのは、「評決《ひょうけつ》をくだす人《ひと》たち」のことです。アリスは、こんなむずかしい言葉《ことば》を知《し》っていたのがなんだかうれしくて、二、三度《ど》くりかえしてみました。

「静粛《せいしゅく》に！」

と、白《しろ》ウサギがさけび、裁判《さいばん》がはじまりました。

「訴状《そじょう》を読《よ》みあげよ」

と、王様《おうさま》が言《い》いました。

白《しろ》ウサギはラッパを三度《ど》ふき鳴《な》らし、それから巻物《まきもの》をひろげると、つぎのように読《よ》みあげました――。

ハートの女王《じょおう》、タルトを焼《や》いた。

　こっそりと。

ハートのジャック、とってっちゃった。

　ごっそりと。


「評決《ひょうけつ》にかかれ」

と、王様《おうさま》が陪審員《ばいしんいん》たちに言《い》いました。

「まだです、まだです！　その前《まえ》にやることがたくさんあります！」と、ウサギがあわてて止《と》めました。

「では、最初《さいしょ》の証人《しょうにん》を呼《よ》べ。」

最初《さいしょ》の証人《しょうにん》は、帽子屋《ぼうしや》でした。片手《かたて》にお茶《ちゃ》のカップを、もう片方《かたほう》の手《て》にバターつきパンの切《き》れはしを持《も》って入《はい》ってきました。

「おまえの帽子《ぼうし》をとれ」と、王様《おうさま》。

「わたしのではありません。」

「ぬすんだのか！」

「売《う》り物《もの》なのです。わたしは帽子屋《ぼうしや》でございます。」

ここで女王様《じょおうさま》がめがねをかけ、帽子屋《ぼうしや》をじろじろ見《み》つめはじめたので、帽子屋《ぼうしや》はまっさおになって、そわそわしました。

ちょうどこのとき、アリスはとてもへんてこりんな感《かん》じがしてこまりはてていたのですが、ついにどういうことかわかりました。また大《おお》きくなりはじめていたのです。

女王様《じょおうさま》は、役人《やくにん》のひとりに言《い》いました。

「このあいだのコンサートで歌《うた》った者《もの》たちの名簿《めいぼ》をここに！」

これを聞《き》いたあわれな帽子屋《ぼうしや》は、あまりにひどくふるえだしたので、靴《くつ》が両方《りょうほう》ともぬげてしまいました。

「証言《しょうげん》せよ」

と、王様《おうさま》は怒《おこ》って言《い》いました。

「わたしはつまらぬ者《もの》でございます、陛下《へいか》。ずっとお茶《ちゃ》をしておりませんでして――お茶《ちゃ》がきらきら光《ひか》っ――」

「なにがきらきら光《ひか》るって？」と、王様《おうさま》。

「すみません、どうも気《き》が気《き》でなくて――」

「キがキでなければ、《きらきら》はなんだ？　ふらふらするな！」

かわいそうな帽子屋《ぼうしや》はお茶《ちゃ》のカップとバターつきパンを取《と》り落《お》として、がくんと片《かた》ひざをついてしまいました。

「わたしはつまらぬ者《もの》でございます。三月《さんがつ》ウサギが言《い》うには——」

「言《い》ってない！」

三月《さんがつ》ウサギは大《おお》あわてで口《くち》をはさみました。

「言《い》った！」と帽子屋《ぼうしや》。

「言《い》ってない！」と三月《さんがつ》ウサギ。

「否認《ひにん》しているぞ」と王様《おうさま》。

「ともかくも、わたしはつまらぬ者《もの》でございます、陛下《へいか》。」

「まっ、まっ、たくつまらんのは、おまえの話しぶりだ。」

ここで一ぴきのモルモットがおもしろがって歓声《かんせい》をあげたので、

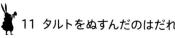

たちどころに法廷《ほうてい》の役人《やくにん》たちに鎮圧《ちんあつ》されてしまいました。「鎮圧《ちんあつ》」はむずかしい言葉《ことば》なので説明《せつめい》しておきましょう。大《おお》きな布《ぬの》の袋《ふくろ》にモルモットを頭《あたま》からほうりこみ、その上《うえ》にすわったのです。

「知《し》っていることがそれだけなら、さがってよい」と、王様《おうさま》。

「さがるといっても、これ以上《いじょう》、低《ひく》くはなれません。」

「では、しりもちでも、つけ。」

ここでもう一ぴきのモルモットも歓声《かんせい》をあげて、鎮圧《ちんあつ》されました。

「行《い》くがよい」

と、王様《おうさま》が言《い》うと、帽子屋《ぼうしや》は急《いそ》いで法廷《ほうてい》を立《た》ちさりました。

「――外《そと》に出《で》たら、首《くび》を切《き》っておしまい。」

女王様《じょおうさま》が役人《やくにん》のひとりに言《い》いつけましたが、その役人《やくにん》がドアのところへつくより早《はや》く、帽子屋《ぼうしや》のすがたは見《み》えなくなっていました。

「つぎの証人《しょうにん》を呼《よ》べ！」

つぎの証人《しょうにん》は公爵夫人《こうしゃくふじん》の料理人《りょうりにん》でした。ドアの近《ちか》くにいた人《ひと》たちがいっせいにくしゃみをはじめたものですから、すぐだれだかわかりました。

「証言《しょうげん》をせよ。」

「いやだね。」料理人《りょうりにん》は答《こた》えました。

王様《おうさま》は心配《しんぱい》そうに白《しろ》ウサギを見《み》やり、白《しろ》ウサギは小声《こごえ》で王様《おうさま》に言《い》いました。

「陛下《へいか》は、この証人《しょうにん》を反対尋問《はんたいじんもん》せねばなりません。」

王様《おうさま》は、腕組《うでぐ》みをして、目《め》がほとんどかくれてしまうほど料理人《りょうりにん》

にむかってまゆをしかめてから、低《ひく》く通《とお》る声《こえ》で言《い》いました。

「タルトはなにでできている?」

「ほとんど、コショウだね。」

「シロップだ」

と、料理人《りょうりにん》のうしろからねむそうな声《こえ》がしました。

「そのヤマネの首《くび》をはねよ!　そのヤマネを法廷《ほうてい》からたたき出《だ》せ!

鎮圧《ちんあつ》せよ!　つねれ!　ひげをひっこぬけ!」

と、女王様《じょおうさま》が金切《かなき》り声《ごえ》をあげました。

それから数分間《すうふんかん》、ヤマネを追《お》い出《だ》すのに法廷《ほうてい》は大《おお》さわぎになって、
ようやくおさまったときには料理人《りょうりにん》はいなくなっていました。

王様《おうさま》は、ずいぶんほっとしたようすで言《い》いました。

「つぎの証人《しょうにん》を呼《よ》べ。」

アリスは、つぎの証人《しょうにん》はどんな動物《どうぶつ》なのかしらと思《おも》いました。

アリスのおどろきを想像《そうぞう》してみてください。

白《しろ》ウサギが、声《こえ》をふりしぼって読《よ》みあげた名前《なまえ》は、なんと――

「アリス！」

12 アリスの証言《しょうげん》

「はい！」

思《おも》わずアリスは大《おお》きな声《こえ》をあげました。

自分《じぶん》がどれほど大《おお》きくなっているか、すっかりわすれて、あわてて立《た》ちあがったものですから、スカートのすそで陪審員《ばいしんいん》たちを全員《ぜんいん》ひっくりかえしてしまいました。

「あら、ごめんなさい！」

うろたえたアリスは、大急《おおいそ》ぎでみんなをひろいあげはじめました。

というのも、金魚鉢《きんぎょばち》の事件《じけん》のことが頭《あたま》にあったので、すぐさまあつめて陪審員席《ばいしんいんせき》にもどさないと死《し》んでしまうような気《き》がしたのです。

「裁判《さいばん》は、すべての陪審員《ばいしんいん》がきちんと席《せき》にもどるまで進《すす》められない。」

王様《おうさま》はアリスをにらみつけながら、力《ちから》をこめてくりかえしました。

「**全員《ぜんいん》が**だ。」

アリスは陪審員席《ばいしんいんせき》を見《み》て、急《いそ》いだためにトカゲのビルをさかさまにもどしてしまったことに気《き》づきました。

かわいそうな小《ちい》さなトカゲはしっぽをふってもがいていたので、アリスはすぐさま持《も》ちあげて、もとにもどしてやりました。

王様《おうさま》がとてもおごそかな声《こえ》で言《い》いました。

「この件《けん》について、おまえの知《し》っていることはなにか？」

「なんにも。」

王様《おうさま》は、それはとても重大《じゅうだい》だと言《い》いながら自分《じぶん》の手帳《てちょう》にせっせと書《か》きこみ、つぎのように読《よ》みあげました。

「第《だい》四十二条《じょう》。〝一マイルすなわち一・六キロ以上《いじょう》の身長《しんちょう》の者《もの》は法《ほう》廷《てい》を去《さ》るべし〟。」

みんながアリスを見《み》上《あ》げました。

「わたし、一マイルもないわ。」

「ある」

と、王様《おうさま》は言《い》いました。

「ちゃんとした規則《きそく》じゃないでしょ。今《いま》、でっちあげたくせに。」

「この手帳《てちょう》に書《か》かれた、もっとも古《ふる》い規則《きそく》だ。」

「それじゃ、第《だい》一条《じょう》になるはずでしょ。」

王様《おうさま》はまっさおになって、手帳《てちょう》をぴしゃっと閉《と》じました。

「評決《ひょうけつ》を審議《しんぎ》せよ」

と、王様《おうさま》は、低《ひく》いふるえる声《こえ》で陪審員《ばいしんいん》たちに言《い》いました。

「いえ、いえ！　刑《けい》の宣告《せんこく》が先《さき》——評決《ひょうけつ》はあとまわし」

と、女王様《じょおうさま》が言《い》いました。

「なに言《い》ってるの！　宣告《せんこく》が先《さき》だなんて、ナンセンス！」

と、アリスは大声《おおごえ》で言《い》いました。

この数分間《すうふんかん》ですっかり大《おお》きくなっていたので、女王様《じょおうさま》なんてちっともこわくありませんでした。

「だまらっしゃい！」

と、女王様《じょおうさま》は青《あお》すじを立《た》てて命《めい》じました。

「だまりません！」

「この者《もの》の首《くび》をはねよ！」

女王様《じょおうさま》は声《こえ》をかぎりにさけびましたが、だれも動《うご》きません。

このころには、アリスは、もとの大《おお》きさにもどっていました。

「なによ？　あなたたちみんな、ただのトランプじゃないの！」

その瞬間《しゅんかん》、トランプというトランプが空中《くうちゅう》に
まいあがり、アリスに飛《と》びかかってきました。

アリスは、きゃっとさけんで
トランプをはらいのけようと
したのですが――

ふと気《き》がついてみると、川《かわ》べりでお姉《ねえ》さんのひざまくらで寝《ね》ているのでした。お姉《ねえ》さんは、木《き》からひらひら落《お》ちてきてアリスの顔《かお》にかかった枯《か》れ葉《は》をやさしくはらいのけてくれていました。

「おきて、ねえ、アリス！　まあ、ずいぶんよく寝《ね》てたこと！」

「ああ、わたし、とてもへんてこりんな夢《ゆめ》を見《み》たわ！」

そう言《い》うとアリスは、みなさんがこれまで読《よ》んできたふしぎな冒《ぼう》険物語《けんものがたり》を、すっかりお姉《ねえ》さんに話《はな》して聞《き》かせました。

話《はな》しおえると、お姉《ねえ》さんはアリスにキスをしてこう言《い》いました。

「ほんとにへんな夢《ゆめ》ね、でも、もうお茶《ちゃ》の時間《じかん》だから急《いそ》ぎなさい。」

そこでアリスは立《た》ちあがって走《はし》り出《だ》しましたが、走《はし》りながらも、なんてすばらしい夢《ゆめ》だったのかしらと思《おも》いました。

作者《さくしゃ》と物語《ものがたり》について

へんてこさを楽《たの》しむ『ふしぎの国《くに》のアリス』

編訳《へんやく》／河合祥一郎《かわいしょういちろう》

このお話《はなし》が生《う》まれたのは、今《いま》から百五十年《ねん》ほど前《まえ》、イギリスのオックスフォードという大学《だいがく》のある町《まち》でした。そこで算数《さんすう》（数学《すうがく》）を教《おし》えていた先生《せんせい》のルイス・キャロルが、ほかの先生《せんせい》のおうちの子《こ》の、かわいらしい少女《しょうじょ》アリスにお話《はなし》をしてあげたのです。

とてもおもしろかったので、アリスは、ぜひ本《ほん》にしてほしいとお願《ねが》いしました。こうして、世界《せかい》じゅうの子《こ》どもたちに愛《あい》される名作《めいさく》『ふしぎの国《くに》のアリス』が生《う》まれました。こんなお話《はなし》です——

ある日《ひ》、アリスは、チョッキを着《き》て走《はし》っていくウサギのあとを追《お》って、地下《ちか》の世界《せかい》へ入《はい》ってしまいます。そこは、へんてこなことばかり起《お》こるふしぎの国《くに》。なにかを飲《の》んだり食《た》べたりするたびに、からだが小《ちい》さくなったり、大《おお》きくなったりするのです。いったいアリスはどうなってしまうのでしょう？

アリスは、このふしぎの国《くに》で、いっしょけんめいがんばります。せいいっぱい礼《れい》儀《ぎ》正《ただ》しく行動《こうどう》しようとしますが、ふしぎの国《くに》のひとたちは無礼《ぶれい》な態度《たいど》ばかりとってアリスをこまらせます。最初《さいしょ》は泣《な》いてしまうこともあったアリスですが、だんだんとしっかりした子《こ》になっていきます。

このお話《はなし》は、小《ちい》さなアリスが「大《おお》きなおねえさん」になっていくお話《はなし》なのです。きのこをかじっただけで「大《おお》きなおねえさん」になってしまうけど、からだの大《おお》きさだけの問題《もんだい》ではないんですね。

お話《はなし》のおもしろさは、「へんてこさ」だけでなく、言葉《ことば》あそびにもあります。マザーグースというイギリスの子《こ》どもの歌《うた》を知《し》っていると、さらに楽《たの》しく読《よ》めますよ。たとえば、帽子屋《ぼうしや》の歌《うた》う「きらきらコウモリ」は、「きらきら星《ぼし》」のかえ歌《うた》です。「ハートの女王《じょおう》、タルトを焼《や》いた」というのもマザーグースなんです。

『かがみの国《くに》のアリス』というつづきのお話《はなし》もあります。お楽《たの》しみに！

おしえてビリギャル先生《せんせい》!!

読《どく》書《しょ》感《かん》想《そう》文《ぶん》の書《か》きかた

坪《つぼ》田《た》信《のぶ》貴《たか》

❶ ワクワク読《よ》みをしよう!

「読書感想文《どくしょかんそうぶん》を書《か》くために読《よ》む」とか「宿題《しゅくだい》だから」じゃなくて、まずは楽《たの》しく本《ほん》を読《よ》もう。今《いま》まで考《かんが》えたこともなかったようなふしぎな世界《せかい》がまってるよ。そして読《よ》む前《まえ》とくらべて、ずーっと世界《せかい》が広《ひろ》がって、頭《あたま》もよくなっているんだ。そんなすがたを想《そう》像《ぞう》してワクワクしながら読《よ》もう。

❷ おもしろかったこと決定戦《けっていせん》!

本《ほん》を読《よ》みおえたら、なにがおもしろかったか(印《いん》象《しょう》にのこったか)考《かんが》えてみよう。セリフでも、なんでもいいから、本《ほん》を見《み》ないで紙《かみ》に書《か》きだしてみて。おわったら、こんどは本《ほん》をめくりながら、「ああ、これもおもしろかった」というのをあらためて書《か》こう。「一番《いちばん》」おもしろかったこと決定戦《けっていせん》をするんだ。

❸ 作戦《さくせん》をたてる(下書《したが》きをする)!

感想文《かんそうぶん》は、4つの段落《だんらく》にわけて書《か》くとうまくいくよ。【第《だい》一段落《だんらく》】は、この本《ほん》を読《よ》むきっかけや、そのときの出来事《できごと》。【第《だい》二段落《だんらく》】は、あらすじ。【第《だい》三段落《だんらく》】は、❷で決《き》めた一番《いちばん》おもしろかった(印象《いんしょう》にのこった)こと。【第《だい》四段落《だんらく》】は、この本《ほん》を読《よ》んで、どんなことに気《き》づいたか、どんなことを学《まな》んだか、世界《せかい》がどう広《ひろ》がったか、自分《じぶん》がどうかわったか。

それぞれの段落《だんらく》に書《か》くことを、メモするようにかんたんに下書《したが》きしよう。

下書《したが》き

・この本《ほん》に出会《であ》ったきっかけは?
おねえさんにすすめられたから
・この本《ほん》のあらすじは?
7才《さい》のアリスがウサギをおいかけて
ふしぎの国《くに》に行《い》ってぼうけんする話《はなし》
・一番《いちばん》おもしろかったところは?
へんてこな人《ひと》にたくさんあうところ。
とくにお茶会《ちゃかい》の話《はなし》。
三月《さんがつ》ウサギとぼうし屋《や》がヤマネを
お茶《ちゃ》のポットにつめていたところで
わらった
・この本《ほん》を読《よ》んで自分《じぶん》は
どうかわった?
本《ほん》がすきになった

4 作《さっ》家《か》になったつもりで書《か》いてみよう！

ここからが本番《ほんばん》だ。まずは「タイトル」決《ぎ》め。みんなが「お！」と思《おも》うようなオリジナルのタイトルをつけてみよう。そして、【一文目《ぶんめ》】がすごく大事《だいじ》。自分《じぶん》が作家《さっか》の先生《せんせい》になったつもりで命《いのち》がけで書《か》いてみよう。

へんてこでめちゃウケ！『ふしぎの国《くに》のアリス』

一年《ねん》一組《くみ》　ふしぎありす

「すーっごくおもしろいよ」っておねえさんにすすめられたのが、この本《ほん》とのうんめいのであいでした。

この本《ほん》は、7才《さい》のアリスがおかしなウサギをおいかけてふしぎの国《くに》にいってぼうけんするお話《はなし》です。

アリスはへんてこな人《ひと》にたくさんあうのですが、いちばんおもしろかったのは、お茶会《ちゃかい》のところです。ぼうし屋《や》と三月《さんがつ》ウサギがティーポットにヤマネをおしこもうとしていたのにめちゃめちゃうけました。アリスは「もうあんなところには二度《にど》と行《い》かない」といってたけど、わたしはおもしろいのでいってみたいです。

この本《ほん》とであって、本《ほん》をよむのってたのしいな、とおもいました。これからどんどんよもうっと。

5 さいごに読《よ》みかえそう！

さいごに自分《じぶん》の書《か》いた文章《ぶんしょう》を読《よ》みかえしてみよう。その感想文《かんそうぶん》を読《よ》む人《ひと》の気持《きも》ちを考《かんが》えながら、読《よ》みかえして、より楽《たの》しく読《よ》んでもらえる表現《ひょうげん》はないか、まちがった言葉《ことば》はないかなどを考《かんが》えてみよう。

これで、もうあなたも感想文《かんそうぶん》マスターです。どんどん本《ほん》を読《よ》んで感想文《かんそうぶん》を書《か》いてみてくださいね。

もっとくわしく知《し》りたい人《ひと》は…

「アスキー・メディアワークスの単行本《たんこうぼん》」のページで、ビリギャル先生《せんせい》が教《おし》える動画《どうが》が見《み》られるよ！→ http://amwbooks.asciimw.jp/

おうちの方へ

いま、100年後も読まれる名作を読むこと

坪田信貴（坪田塾・N塾代表）

映画にもなったビリギャル＝『学年ビリのギャルが１年で偏差値を40上げて慶應大学に現役合格した話』著者。自身の塾で1300人以上の生徒の偏差値を急激にのばしてきたカリスマ塾講師。

●「正解」のない人生。しかし一つ、「正解」があります

世の中に「つねに正解」というものはなかなかありません。しかし、本書をお子さんが手に取り、何度も読むとしたら、それはまちがいなく「正解」です。

ぼくは、１３００人以上の子どもたち一人ひとりを「子別」指導してきたこれまでの経験と理論から、この「100年後も読まれる名作」シリーズを監修しました。その上で、この本を強烈に推薦させていただきたいと思います。

●人生は、名作に出会うことで大きく変わる

そもそも人生は、〝だれと出会うか〟によって決まります。

そして、その「だれ」が、「〝良質なもの〟にたくさんふれてきた人」や「〝良質なもの〟を生み出したその本人」であれば、人生はよりよきものになります。

では、〝良質なもの〟とはなんでしょう？――それこそが、本シリーズが「この物語なら100年後も読まれているだろう」と厳選した名作です。

名作と呼ばれる物語は、人類にとって、普遍的に価値があるものです。

読書をすることで、そんな価値あるものを生み出した天才である作者の頭の中をのぞき、その作者と対話できるのです。

若くして名作に出会うことは、若くして歴史上の天才たちと語らうことなのです。

●名作に出会わせることが、子どもの底力を作る

国語の能力は、今後の受験勉強をふくめたすべての学習の基礎となります。

若くして名作の名文にふれることで、語彙がふえ、読む力が高まり、想像力がゆたかになり、数多くのすばらしい表現を学べます。

なによりすぐれているのは、それを「何度でも」、好きなときに学べることです。

古今東西で評価されてきた名作を好きになり、何度も読みかえすことは、とても自然なことで、それを通じて、「勉強を復習する習慣」も身につきます。

しかも本シリーズは、現代の子どもたちが好むイラストをふんだんに掲載し、お子さんが想像力や発想力を育むことを楽しく手助けしてくれます。そして、活字が苦手な子でも「読書が楽しく」なるよう、日本トップクラスの翻訳者が、細心の配慮をもって抄訳をおこなっています。

お子さんが、小学生のうちに「読みやすく、楽しい名作」で読書の虫になれば、きっとそのお子さんの人生は名作をなぞり、その人生が名作となります。

そして良書をあたえることができた親御さんや先生は、そのきっかけを生み出した作者となれるのです。

ぜひ本書で、お子さんたちに、歴史上の天才たちと対話をしていただければ、と考えます。

100年後も読まれる名作

ふしぎの国のアリス

2016年7月1日　初版発行
2024年9月10日　10版発行

作……ルイス・キャロル
編訳……河合祥一郎
絵……okama
監修……坪田信貴

発行者……山下直久

発行……株式会社 KADOKAWA
〒102-8177　東京都千代田区富士見2-13-3
電話 0570-002-301（ナビダイヤル）

印刷・製本……大日本印刷株式会社

ISBN978-4-04-892243-2　C8097

「100年後も読まれる名作」公式サイト　https://www.kadokawa.co.jp/pr/b2/100nen/

カラーアシスタント　うそねこ　和音　ザシャ
デザイン　みぞぐちまいこ（cob design）
編集　田島美絵子（第6編集部書籍編集部）
編集協力　工藤裕一　黒津正貴　山口真歩（第6編集部書籍編集部）
進行　小坂淑恵（第6編集部書籍編集部）

本書は『新訳　ふしぎの国のアリス』（角川つばさ文庫）を底本とした抄訳版です。
さし絵は底本の絵をカラー化し、加筆修正したものを掲載しています。